김문형 新무협 판타지 소설

FANTASTIC ORIENTAL HEROES

실명무사 1미

김문형 新무협 판타지 소설

초판 1쇄 찍은 날 § 2019년 12월 11일
초판 1쇄 펴낸 날 § 2019년 12월 18일

지은이 § 김문형
펴낸이 § 서경석

총괄팀장 § 노종아
편집책임 § 신나라

펴낸곳 § 도서출판 청어람
등록번호 § 제387-1999-000006호
등록일자 § 1999. 5. 31
어람번호 § 제2-2819호

주소 § 경기도 부천시 부일로 483번길 40 서경B/D 3F (우) 14640
전화 § 032-656-4452 팩스 § 032-656-4453
http://www.chungeoram.com
E-mail § chungeorambook@daum.net

© 김문형, 2019

ISBN 979-11-04-92103-2 04810
ISBN 979-11-04-91975-6 (세트)

⑩

실명 무사

김문형 무협 판타지 소설

FANTASTIC ORIENTAL HEROES

1장.
망자 황자의 정체

망자 금위군의 포위망을 뚫은 무명과 이강은 어처구니가 없는 상황에 실소하고 말았다.

뒤에는 망자들이 득실거리는 태평루.

앞에는 화산파가 장악하고 있는 영왕의 신별장.

진퇴양난. 달아날 길 없는 쥐덫에 빠진 꼴이 아니고 무엇인가?

무명이 입술을 질끈 깨물며 물었다.

[어떻게 하지?]

[어차피 둘 다 죽는 길이라면 좀 더 늦게 죽는 쪽을 택하는 게 어때?]

이강이 쓴웃음을 지으며 대답했다. 좀 더 늦게 죽는 쪽, 일단 영왕의 신별장으로 들어가서 망자 떼의 습격을 피하자는 뜻이었다.

[좋소.]

[그럼 뛰어라!]

무명이 동의한 것을 신호로 둘은 정신없이 수풀을 헤치고 달리기 시작했다.

어느 순간 망자 금위군들이 내뱉는 괴성이 싹 사라졌다.

그러나 안심되기는커녕 오히려 불안함이 가슴을 짓눌렀다. 망자 금위군을 조종하는 자가 기척을 없앤 뒤 추척하라고 명령한 것이리라. 등 뒤에 언제 도검이 꽂힐지, 언제 강궁 세례가 쏟아질지 몰랐다.

어느새 별장의 담벼락이 코앞으로 가까워졌다.

이제 화산파 제자들을 살필 여유는 없었다. 무명과 이강은 그대로 몸을 날려서 담장을 뛰어넘었다.

바닥에 착지한 둘은 쌍검과 환도를 들고 화산파 제자들의 공격에 대비했다.

그런데 이상했다.

별장 곳곳에서 삼엄하게 경비를 서던 화산파 제자들의 모습이 온데간데없는 것이 아닌가?

별장 담벼락에는 횃불만 덩그러니 불타고 있을 뿐, 화산파 제자들은 눈을 씻고 봐도 찾을 수 없었다. 또한 폭뢰를 가득

실은 수레를 옮기던 쟁자수들 역시 보이지 않았다. 마치 귀신이 자취를 감춘 것처럼 감쪽같이……

이강이 고개를 갸웃거리며 말했다.

[놈들이 어디 갔지? 망자 떼를 피해서 도망쳤나?]

[기껏 옮긴 폭뢰를 무방비 상태로 놔두고? 말도 안 되는 소리.]

[끄응, 우문현답이로군.]

[마침 잘되었소.]

[뭐가? 네놈 설마…….]

무명의 생각을 읽은 이강이 그답지 않게 양미간을 잔뜩 찌푸렸다.

[별장 본관에 잠행하자는 소리냐?]

[그렇소. 영왕이 망자인지 아닌지 증거를 찾을 수 있는 좋은 기회요.]

먼저 별장에 잠입했을 때는 화산파 제자들이 경비를 서는 바람에 창고만 들어갈 수 있었다. 그런데 지금은 경비가 사라졌으니, 무명은 별장 본관 건물에 잠행하자는 뜻을 밝힌 것이었다.

[네놈은 죽는 게 안 두렵냐? 목숨은 하나다.]

[강호제일악인답지 않은 말이군. 겁나면 돌아가시오. 말리지 않겠소.]

[…오냐, 들어가자.]

무명의 도발적인 말투에 이강이 지지 않겠다는 듯이 대답했다.

　[단 네놈 꿍꿍이속에 놀아났다고 착각하지 마라. 어디까지나 심심해서 따라가는 거니까.]

　[잘 알고 있소.]

　무명도 이강이 핑계 대는 게 아니라는 것을 익히 알았다. 생각을 읽는 그가 어설픈 흉계에 빠질 리 없었으니까.

　[겨우 늑대를 피했더니 이번에는 호랑이 수염을 뽑자는 놈이군.]

　[우리가 용일 수도 있소.]

　[용이 아니라 이무기라면?]

　[승천하지 못하고 추락하겠지.]

　둘은 피식 한번 웃어 보이고는 거대한 별장의 본관 건물을 향해 몸을 날렸다.

　본관 건물은 엄청난 규모였다.

　무명과 이강은 황태후 행차 때 이미 영왕의 신별장에 들어와 봤으나 본관 건물에는 발을 들이지 않았다. 그런데 이 층 처마로 뛰어올라 창문을 부수고 들어가자 드넓은 공간이 펼쳐졌던 것이다.

　둘이 들어간 곳은 건물 모서리에 해당하는 곳이었는데, 좌우로 복도가 길게 뻗어 있어서 끝이 보이지 않을 정도였다. 정사각형인 건물의 넓이가 상당하다는 뜻이었다.

[엄청나게 넓군.]

[영왕 놈이 황제가 되어도 중원은 평안할 일이 없겠구나.]

[무슨 뜻이오?]

[고래로 대규모의 건물을 지은 황제가 나오면 나라가 망했다. 시황제는 아방궁과 만리장성을 짓다가, 수양제는 대운하를 파다가 사직을 말아먹었지. 백성의 고혈을 짜내서 건물을 지었으니 오죽하겠냐?]

그의 말이 십분 공감되어서 무명은 자기도 모르게 고개를 끄덕였다. 어떨 때 보면 이강은 문화전의 학사만큼 지혜로운 문사처럼 보였다.

하지만 건물은 넓고 화려한 모습과는 반대로 곳곳에 먼지가 쌓여 있고 불빛 한 점 없어서 을씨년스러웠다. 망자 떼가 창궐한 이후 사람의 손길이 끊어진 것 같았다.

그때였다.

이강이 양미간을 구기며 말했다.

[잠깐! 이건 쥐덫이다.]

[쥐덫?]

[화산파 놈들이 망자 떼가 들어오면 잡으려고 함정을 팠군.]

그가 건물 어딘가에 잠복해 있는 화산파 일당의 생각을 읽은 것 같았다.

그러나 되돌아 나가기에 때는 이미 늦어 있었다.

무명과 이강이 걷고 있던 복도 앞뒤에서 십여 명의 그림자가 나타나 길을 막았던 것이다.

그중 그림자 두 명이 앞으로 나서며 말했다.

"이게 누구신가? 망자비서를 손에 넣었다는 환관 나리가 아니신가?"

"망자가 들어올 줄 알았더니 망자비서가 들어왔네? 크크크!"

팔짱을 낀 채 거들먹거리는 태도에 경박하기 짝이 없는 말투. 게다가 웃으면 웃을수록 괴이하게 표정이 일그러지는 인피면구까지.

두 그림자는 바로 강호의 두 기인이사, 화산쌍로였다.

무섭기보다는 언행이 더러워서 다시 마주치고 싶지 않던 화산쌍로. 그런데 하필 외나무다리에서 만난 셈이 아닌가?

일당 중 하나가 화산쌍로에게 물었다.

"사숙, 어떻게 할까요?"

다른 십여 명의 일당이 화산쌍로를 사숙이라고 부르는 것으로 보아 둘보다 배분이 한 단계 낮은 화산파의 제자들 같았다.

"가만있자, 하나는 눈깔이 없고 하나는 양물이 없는 건가?"

"병신들 상대하는 데 우리 둘로 충분하다. 너희들은 가서 망자를 막아라."

"예, 사숙."

화산파 제자들이 화산쌍로에게 고개를 숙여 예를 표한 뒤 복도 너머로 달려갔다.

화산쌍로가 내린 명을 듣자 전후 사정을 알 수 있었다.

망자 떼를 주의하며 폭뢰를 옮기던 화산파는 태평루 쪽에서 난 강궁 소리를 들은 뒤 상황이 수상하다는 사실을 깨달았으리라. 화산쌍로는 일당과 쟁자수들을 물린 뒤 영왕의 신별장을 함정 삼아 망자 떼의 습격에 대비했던 것이다.

그것도 모르고 무명과 이강은 화산파의 덫에 제 발로 들어왔으니…….

화산쌍로가 득의양양해서 웃음을 터뜨리는 것도 당연했다.

"으하하하! 망자비서가 제 발로 굴러 들어왔군!"

"망자비서는 어디 있냐?"

"이미 제갈성에게 넘겼소."

무명이 냉담하게 대답했지만 화산쌍로가 말 한마디를 듣고 포기할 리 없었다.

"제갈성 놈한테 다시 받아 와라."

"그래! 그럼 목숨만은 살려주지."

"망자비서는 누군가가 중원 무림의 주의를 끌기 위해 만든 가짜일 가능성이 높소."

무명은 중요한 비밀까지 언급해서 둘을 설득하려고 했다. 망자 떼가 창궐하고 있는 지금, 정파 사파를 막론하고 모든 무림이 손을 잡아야 한다고 생각했기 때문이다.

그러나 이강이 냉랭하게 전음을 보냈다.

[헛수고다. 이놈들은 세상이 망하든 말든 관심이 없어.]

[아무리 그래도…….]

[차라리 세상이 망자 판이 되길 바랄걸? 왜냐고? 그쪽이 세상을 집어삼키기 편할 테니까.]

[…….]

이강은 타인의 생각을 읽는다. 예상은 했지만 화산쌍로의 생각이 그토록 이기적인 것을 확인하자 무명은 할 말이 없어졌다.

펄럭!

화산쌍로가 손을 휘둘러서 허리춤을 덮고 있던 옷자락을 걷었다.

대명각을 급습할 당시 날이 넓은 언월도를 썼던 화산쌍로. 그러나 지금 둘의 허리춤에는 매화수실이 달린 고검(古劍)이 꽂혀 있었다.

"결국 망자비서는 못 내놓겠다, 그 말이냐?"

"둘 다 손목 하나씩 놓고 가라. 망자비서를 갖고 오면 돌려주지."

"그럼 안 되지! 손목은 한번 자르면 다시 못 붙이는데 돌아오겠냐?"

"그런가? 그럼 그냥……."

한바탕 헛소리를 늘어놓던 화산쌍로가 고개를 홱 돌리며 몸을 날렸다.

"죽어랏!"

스스스스!

화산쌍로 중 한 명의 신형이 복도의 어둠을 뚫고 이강에게 날아왔다.

"진작 검으로 대화할 것이지 쓸데없이 말만 많은 놈들이군."

이강이 피식 웃으며 쌍검을 뽑아 들었다. 하지만 그의 여유만만하던 미소가 대번에 싹 사라졌다.

"합공?"

그는 화산쌍로의 생각을 읽었으나 이미 둘의 수법에 걸려든 뒤였다.

이강에게 날아들던 일인(一人)의 신형이 갑자기 포물선을 그리며 아래로 떨어지는 순간, 바로 뒤에 따라오던 일인이 그의 등을 발판처럼 밟고 이강의 머리 위를 향해 도약했던 것이다.

한 명은 이강의 하반신을, 한 명은 이강의 정수리를 노리는 공격.

쌍둥이처럼 손발이 척척 맞는 화산쌍로의 합공이었다.

"목이 먼저 떨어지는지 두 발목이 먼저 떨어지는지 내기하자!"

"좋지! 지는 쪽이 오늘 술값 내기다!"

스팟! 두 개의 검광이 각각 이강의 머리와 발을 노리고 번쩍였다.

순간 이강이 씨익 웃으며 쌍검을 뽑았다.

"청출어람이라고 들어는 봤냐?"

그가 발목을 노리고 날아드는 화산쌍로의 검을 막았다. 채앵! 그 바람에 머리로 향하는 검에는 무방비 상태가 되었다.

"하하하! 머리를 포기하고 발목 떨어지는 걸 막겠다고?"

"대가리에 금강불괴 신공이라도 익혔나 보지!"

쉬익! 공중을 날아온 화산쌍로 일인이 이강의 양미간을 검으로 꿰뚫었다.

…고 생각하는 찰나, 귀청을 찢는 금속음과 함께 그의 일검이 허공으로 튕겨 나갔다.

깡!

"뭐, 뭐야?"

일인이 무슨 일이 벌어졌는지 몰라 멍청히 있을 때, 한 자루의 검광이 그의 정수리를 연속으로 세 번 내려쳤다. 그가 반사적으로 검을 움직여서 삼 초를 막았다. 깡깡깡!

"큭!"

자칫하면 검을 놓칠 뻔할 만큼 강맹한 삼 초.

이강의 양미간을 노린 검격을 막아내고 세 번의 반격을 가

한 자는 물론 무명이었다.

그는 이강의 뒤에 숨어 있다가 화산쌍로가 날아들 때 옆으로 빠져나와서 환도를 휘둘렀던 것이다. 이강이 말한 청출어람은 무명이 화산쌍로의 합공을 막아내고 오히려 역공을 노리고 있다는 뜻이었다.

창천칠조를 꼼짝 못 하게 압박했던 화산쌍로의 합공.

그러나 무명의 임기응변에 둘의 합공은 무용지물이 되고 말았다.

일인이 분노하며 소리쳤다.

"환관 놈이 감히!"

"당신 양물이나 조심하시지."

무명이 냉랭하게 받아치며 재차 환도를 찔러왔다. 일인은 공중에서 몸을 빙글 돌리며 검격에 대비하고 역습을 노렸다.

그런데 무명의 일검이 향한 곳은 그가 아니라 이강의 발목을 공격한 자였다.

채앵! 그는 간신히 일검을 막아냈으나 당황해서 얼떨떨한 기색을 지우지 못했다.

그러자 공중을 날아온 자가 벽을 차면서 무명의 등을 향해 검을 뻗었다.

"감히 화산파의 검 앞에서 등을 돌린다고?"

그때 이번에는 이강이 쌍검으로 무명을 방어했다. 채앵!

"네놈 상대는 나로 바뀌었어. 몰랐냐?"

"이놈들이……."

무명과 이강, 화산쌍로 네 명의 공방이 시작되었다.

무명은 회심의 일검이 막힌 뒤에도 조금의 여유를 두지 않은 채 환도를 연속으로 내려쳤다.

강호에서 화산파의 검법은 변화무쌍하기로 유명하다. 만약 초식의 표홀함과 정묘함으로 겨룬다면 무명은 화산쌍로 일인의 상대가 못 되리라.

그러나 지금 무명의 일검, 일검에는 소행자와 우수전에게서 흡수한 내력이 실려 있었다.

일직선으로 내려치는 단순한 검격. 하지만 산을 뒤엎는 강맹한 위력에 화산쌍로 일인은 변화무쌍한 화산파 검법을 시전해 보지도 못하고 막는 데 급급할 수밖에 없었던 것이다.

깡깡깡깡!

"치잇! 이 환관 새끼가……."

무명은 이강처럼 쌍검을 쓰지 않고 양손으로 한 자루만 잡고 휘둘렀다. 어설프게 환도 두 자루를 썼다가는 강호에서 뼈가 굵은 화산쌍로의 경험을 당해낼 수 없을 테니까.

무명과 이강은 한번 잡은 우세를 놓치지 않고 화산쌍로를 밀어붙였다.

그런데 이강이 양미간을 구기며 말했다.

[빌어먹을. 다시 함정에 걸렸다.]

[뭐라고?]

무명은 영문을 몰라서 화산쌍로를 살폈으나, 그들은 이강의 화려한 쌍검과 무명의 마구잡이식 공격에 질려서 기선을 제압당한 기색이 역력했다.

그럼 대체 어떤 함정이……?

그때였다.

삐이익! 낭랑한 휘파람 소리가 귀를 찌르는가 싶더니 복도 옆의 창문이 박살 났다.

와장창창!

박살 난 창문을 통해 네 개의 인영(人影)이 바람처럼 날아들었다.

그중 하나가 화산쌍로를 보며 말했다.

"사숙, 이 무슨 볼썽사나운 꼴입니까? 강호의 삼류 버러지들을 못 이기고 시간을 지체하다니요?"

존댓말이긴 하나 사숙인 화산쌍로를 책망하는 말투.

화산파의 또 다른 고수 네 명이 등장한 것이었다.

화산쌍로를 제압한 무명과 이강의 앞에 새로운 고수 네 명이 등장했다.

이강이 양미간을 구기며 말했다.

[저놈들은 화산사표다.]

화산사표(華山四豹). 화산의 네 표범이라는 의미.

강호에서 고수들을 묶어서 칭할 때 가장 많이 쓰는 말은 단연 용(龍)이다. 그다음으로는 물론 호(虎)가 꼽힌다.

표(豹)는 표범이다. 즉, 용과 호랑이보다는 격이 한 단계 낮거나 비교적 젊은 후기지수라는 뜻이었다. 실제로 화산사표네 청년의 이목구비는 살결이 희고 주름살이 없어서 막 약관의 나이를 넘은 듯 보였다.

만약 화산파가 계속 무림맹에 있었다면 창천칠조가 되었을지도 모르는 사인(四人).

그러나 화산사표의 언행은 품격이 느껴지는 창철칠조와는 비교도 되지 않을 만큼 천박했다.

"삼류 버러지들이 아직도 살아 있다니, 사숙들도 예전만 못하시군요."

"이래서야 화산파의 명성에 누가 되지 않겠습니까?"

하나같이 비아냥거리는 말투.

화산쌍로와 화산사표. 그 사숙에 그 사질들이었다.

"저놈들, 그렇게 만만한 상대가 아니다."

"그래. 환관과 악인의 손속이 제법 매섭다."

무명과 이강에게 혼쭐이 난 화산쌍로가 충고했으나 화산사표는 귓등으로도 듣지 않는 표정이었다.

"그럼 우리에게 맡기시죠."

화산사표 중 가장 배분이 높은 사형으로 보이는 자가 말했다.

"사숙들이 손목을 놔두고 가라고 했었지? 한데 이걸 어쩌나? 우리는 네 명이니 손목 하나씩을 자르면 네놈들은 남아

날 손이 없겠구나!"

"하하하! 그 말 진짜 명언인걸?"

한바탕 이죽거리며 웃음을 터뜨린 화산사표가 무명과 이강을 사방위로 포위했다. 화산쌍로는 사질들에게 맡기고 구경하겠다는 듯이 팔짱을 낀 채 세 걸음 물러섰다.

그때 이강이 전음을 보냈다.

[속지 마라.]

[또 뭘?]

[저놈들, 여섯 놈이 몽땅 덤빌 속셈이다. 명문정파? 개밥으로나 주라지.]

이강의 목소리에는 분노가 가득 차 있었다. 평소 명문정파에 대한 적개심이 상당했는데 지금 그들의 비열한 속임수까지 알아차렸으니 그가 화를 내는 것도 당연했다.

그런데 이상하게도 무명은 담담하기만 했다.

그가 목숨이 걸린 위기에 침착하게 대응한 것은 어제오늘 일이 아니었다. 하지만 지금은 뭔가 예전과 달랐다. 소행자와 우수전의 내력을 흡수한 뒤로 알 수 없는 신체의 변화가 느껴졌던 것이다.

태평루 지붕 위에서 금위군의 강궁 세례를 막을 때 이강의 수법을 따라 했던 것과, 방금 화산쌍로와 싸울 때 그들의 합공을 따라 해서 압도했던 것이 그 증거였다.

기억이 돌아온 것은 아니었다.

그러나 과거의 자신이 아닌 것도 분명했다.

무명이 말했다.

[쪽수가 많다고 싸움을 무조건 이긴다는 법은 없소.]

[이 대 육인데 자신만만하구나.]

[우리는 저들보다 강하오. 나도, 당신도.]

둘이 전음으로 밀담을 나누고 있다는 것을 눈치챘는지 화산사표가 말했다.

"무슨 정담을 그리 다정하게 나누시나?"

"계집보다 사내를 좋아하는 놈들인 것 같은데?"

"하하하하!"

화산파 일당이 또 한차례 웃음을 터뜨렸다.

그때였다.

"하하하하! 으하하하하!"

갑자기 이강이 여섯 명을 능가하는 큰 소리로 광소를 터뜨렸다. 그의 광소가 좀처럼 멎지 않자 화산사표의 일사형이 말했다.

"무슨 꿍꿍이속이냐? 죽음을 눈앞에 두자 만사가 우스워진 거냐?"

"하하하… 그게 아니라 네놈들 꼴이 너무 우스워서… 크크 크크……."

"이놈, 안 되겠군."

스릉. 화산사표가 잔뜩 일그러진 표정으로 일제히 검을 뽑왔다.

그때 이강이 웃음을 멈추더니 검지를 들어 화산사표 중 한 명을 가리키며 말했다.

"저놈, 망자다."

"……!"

이강이 가리킨 자는 네 명 중 가장 앳된 얼굴을 하고 있는 것을 보아 화산사표의 막내로 짐작되었다.

잠깐 멈칫했던 화산사표의 일사형이 곧 피식 미소를 지으며 말했다.

"무공으로 안 되니까 잔꾀를 쓰는 거냐?"

"아니. 정말 망자라니까?"

"그런 헛소리로 우릴 속이려고 해봤자……."

"저놈, 최근에 모습이 보이지 않던 적 없었냐? 그때 아마 혈선충에 감염되었을 거다. 망자 중에는 산 자와 구분되지 않아서 숨어 있는 놈들이 있다는 얘기 못 들어봤냐?"

"……."

화산사표도 화산쌍로도 일순 침음했다. 그들 역시 소문을 익히 들어왔던 것이었다.

"혈선충에 한번 감염되면 사람마다 시간 차는 있어도 결국 망자가 된다. 저놈, 요 며칠간 수상한 일이 있었을 텐데?"

그러자 일사형이 고개를 돌리며 나직하게 물었다.

"사사제(四師弟). 그러고 보니 어젯밤에 보이지 않던데?"

"그, 그게… 잠깐 밖에 볼일이 있어서……."

화산사표의 막내인 사사제의 안색이 대번에 하얗게 질렸다.

이번에는 화산쌍로가 물었다.

"주작호에 망자가 창궐해서 조심하라고 단단히 주의를 주었는데 밖에 나갔다고? 그래, 어딜 갔었냐?"

"사, 사숙……."

사숙인 화산쌍로까지 나서자 사사제는 더욱 기가 질려서 입을 다물었다.

스릉! 일사형이 검을 뽑아 사사제의 목에 들이댔다.

"당장 방에 들어가서 근신하고 있어라. 아니면 베겠다."

"예에……."

사사제가 고개를 조아리고는 복도 모퉁이를 돌아 사라졌다.

일사형은 짜증 난다는 표정으로 목덜미를 벅벅 긁으면서 바닥에 침을 퉤 뱉었다. 그리고 검을 검집에 넣으려다가 피식 웃으면서 무명을 향해 겨누었다.

"어차피 쓸 건데 다시 넣을 필요는 없겠군."

그의 목소리와 두 눈에 살기가 돌아 있었다.

다른 화산사표와 화산쌍로의 눈빛도 흉흉하기 그지없었다. 이강의 말 한마디에 막내를 의심하게 되었으니 심기가 편하지 않았던 것이다.

무명과 이강은 슬쩍 발을 미끄러뜨려서 몸을 돌릴 준비를 했다. 화산파 일당이 공격을 시작하면 등을 맞대서 서로의 뒤를 방어하자는 작전이었다.

[쪽수가 하나 줄었소.]

[그래도 아직 이 대 오다.]

[하나쯤 더 줄이고 싸움을 시작하면 좋겠는데 아쉽군.]

[욕심도 많군. 세상일이 네놈 뜻대로 다 된다면⋯⋯.]

갑자기 이강이 말을 삼키더니 묘한 웃음을 흘렸다.

[흐흐흐, 세상일 한번 공교롭군.]

[또 뭐요?]

[네놈 소원대로 쪽수가 하나 더 줄었다.]

이강이 고갯짓으로 화산사표의 일사형을 가리켰다.

순간 무명은 흠칫 놀라고 말았다. 일사형이 살갗이 시뻘게지도록 손톱을 세워 목덜미를 세게 긁는 것이 아닌가?

그의 목덜미에는 기다랗게 세 줄의 상처가 나 있었는데, 일직선으로 검흔이 난 게 아니라 살점이 패어 있는 것으로 보아 검이나 비수에 베인 상처가 아니었다. 꼭 들짐승이 할퀸 상처 같았다.

그런데 주작호에서는 늑대나 삵 같은 들짐승을 본 적이 한 번도 없었으니⋯⋯.

곧 일사형의 목덜미에서 핏물이 흐르기 시작했다.

화산사표의 사제가 문득 그 모습을 보고 깜짝 놀라서 말했다.

"일사형, 피가 나잖아요? 그만 긁으세요."

"가려워. 가려워서 미치겠다고."

사제가 말렸지만 그는 손을 멈추지 않고 더욱 빠르게 긁었다.

박박박박.

화산파 일당은 목과 손목에 두터운 가죽을 두르고 있었다. 살갗이 찢겨서 혈선충에 감염될 것을 예방한 비책.

그런데 화산사표는 목과 손목에 가죽을 두르지 않고 있었다. 주작호를 돌면서 몇 번씩 혈귀를 소탕했던 그들은 가죽을 대는 건 하수나 하는 짓이라며 웃어넘겼던 것이다.

갑자기 일사형이 손을 딱 멈추더니 나직한 목소리로 말했다.

"사제……."

"예?"

"여기 목에 뭐가 있는지 좀 봐줘… 너무 가려워서 말야……."

일사형이 고개를 옆으로 돌리며 길게 목을 빼자 사제가 가까이 가서 상처를 살폈다.

"피가 많이 나는 것 말고는 멀쩡합니다."

"정말?"

일사형이 천천히 고개를 돌렸다.

그의 두 눈동자는 짐승처럼 붉게 빛났으며 턱은 목구멍이 보일 정도로 활짝 벌어졌다.

쩌억! 콰직!

"으아아악!"

일사형이 쩍 벌린 입으로 사제의 목줄기를 물어뜯었다.

"일사형! 삼사제!"

나머지 화산사표 한 명이 화들짝 놀라서 두 명을 떨어뜨려 놓으려 할 때, 무명과 이강이 환도와 쌍검을 번쩍이며 포위망을 돌파했다.

파파팟!

"커흑⋯⋯."

졸지에 도륙당한 화산사표는 외마디 비명을 토한 뒤 그 자리에서 절명했다.

아직 화산쌍로 두 명이 남아 있었으나, 그들은 당황해서 망자가 된 일사형을 떼어놓는 데 급급할 뿐, 무명과 이강을 추격할 엄두를 내지 못했다.

산 자가 망자로 탈바꿈하는 것을 강호의 그 누구보다 많이 목격한 무명과 이강.

때문에 둘은 일사형이 망자로 변하는 시점을 기회 삼아서 화산파의 약점을 후벼 팔 수 있었던 것이다.

포위망을 돌파한 둘은 복도 옆의 창문을 부수며 몸을 날렸다.

콰차창!

둘은 이 층 처마에서 뛰어내려 바닥에 착지했다. 그리고 무작정 담장을 향해 달리지 않고 건물 그림자 속에 숨어서 사태를 지켜봤다.

이강이 씨익 웃으며 말했다.

[네놈, 이번 심계는 비열하기 짝이 없었다.]

[그러면 안 되나? 비열한 자들에게 비열하게 응수한 것뿐인데.]

실은 이강이 화산사표의 막내를 가리키며 망자라고 한 것은 무명이 시킨 일이었다.

화산파 여섯 명이 일제 공격을 감행하려는 찰나, 무명은 이강에게 화산사표 중에서 최근 행적이 불분명한 자가 없냐고 전음으로 물었다. 재빨리 네 명의 생각을 읽은 이강은 사사제를 망자라고 지목했던 것이다.

게다가 사사제가 밤에 자리를 비운 까닭을 설명하지 못한 이유가 있었다.

[그놈, 밤마다 말을 달려서 여인과 운우지정을 나누고 돌아왔지 뭐냐?]

폭뢰 운반의 중책을 수행하는 중에 여인과 밀회를 나눈 사사제.

마침 이강은 생각을 읽고 그에게 망자라는 누명을 씌웠다. 때문에 그는 자신의 행적을 변명할 수 없었고 다른 화산파 일당의 의심을 받았던 것이었다.

[고작 밀회 따위로 망자로 의심받다니. 당신 수법도 비열했소.]

[피차 마찬가지다.]

[그런데 정말 망자가 있을 줄은 몰랐소.]

[그건 나도 몰랐다.]

둘은 동시에 피식 실소했다.

이강이 무슨 생각이 들었는지 말했다.

[이제부터 어떡할 셈이냐?]

[뭐 말이오?]

[사람 손목으로 망자를 유인해서 무당파와 척을 진 놈이 이번에는 화산파와도 척을 지지 않았냐? 네놈이 오대악인으로 꼽힐 날도 머지않았다.]

[그 말은 틀렸소. 사대악인 중에 당랑귀녀와 황궁의 환관이 죽었으니 남은 건 당신과 인육숙수뿐이오.]

[그런가? 그럼 허접한 인육숙수 놈은 빼버리고 나랑 함께 묶어서 강호이대악인을 하면 되겠구나!]

그 말을 들은 무명이 잠깐 사이를 두다가 대답했다.

[나쁘지 않군.]

[어라? 네놈, 인상을 찌푸리며 펄펄 뛸 줄 알았는데?]

[누가 날 악인으로 부르든 말든 상관없소. 명문정파랍시고 자기 이득만 취하려는 위선자들이 이제 신물 나서 말이오.]

[…네놈, 강호가 어떤 곳인지 뒤늦게 깨달았군.]

[깨달음이 늦어도 청출어람 하면 되오.]

[후후후.]

둘은 고개를 마주한 채 소리 죽여 웃었다. 들킬까 봐 크게 광소를 터뜨리지 못하는 게 유일한 아쉬움이었다.

당장 담벼락을 넘지 않고 그림자 속에 숨은 것은 잘한 일이 었다. 곧 화산파 제자들이 나타나서 여기저기 뛰어다니며 침입자를 찾았기 때문이다.

망자의 습격에 대비해서 별장을 텅 빈 것처럼 꾸몄던 화산파.

그러나 무명과 이강 탓에 화산사표 한 명이 망자가 돼버리자 침묵을 깨고 둘을 잡으러 나선 것이었다.

[곤란하게 됐군. 저놈들 서넛쯤 해치우는 거야 식은 죽 먹기인데.]

[지금 나갔다간 화산파 일당이 몽땅 추격해 올 것이오.]

[흩어지는 건 어떠냐? 둘이 동서로 흩어져서 탈출하자.]

이강의 제안이 일리가 있어서 무명은 고개를 끄덕이며 대답했다.

[화산파 추격조가 둘로 나뉘겠군.]

[놈들이 우왕좌왕하는 틈을 타서 따돌릴 기회도 생길 거다.]

[그리고 주작호를 동서로 돈 다음 북쪽 말 묶어둔 곳에서 합류하자는 말이오?]

[바로 그거야.]

사냥꾼은 목표가 늘어나면 집중력이 흐트러진다. 둘이 반대 방향으로 도망쳐서 적을 양분시키고 따돌린다. 나쁘지 않은 작전이었다.

문제는 누가 동으로, 누가 서로 탈출하냐는 것이었다. 동쪽은 태자 별장에서 금위군 일조가 한가로이 시간을 보내는 만큼 안전한 반면, 서쪽은 영왕의 구별장이 위치해서 어떤 위험이 도사리고 있을지 모르지 않는가?

[누가 동쪽, 누가 서쪽으로 가지?]

[이렇게 하지.]

이강이 씨익 웃으며 말했다.

[충권으로 결판내자.]

충권(蟲券)은 엄지, 검지, 새끼손가락을 각각 개구리, 뱀, 달팽이에 비유한 놀이였다.

이강은 중원의 놀이를 무공으로 비유해서 승부를 내자고 말한 것이었다.

[좋소.]

[하나, 둘, 셋!]

둘이 손을 등 뒤로 했다가 앞으로 돌리며 손가락을 내밀었다.

무명은 검지를, 이강은 새끼손가락을 냈다. 달팽이인 새끼는 뱀인 검지를 죽인다. 즉, 무명이 보기 좋게 패배한 셈이었다.

[내가 이겼군. 나는 동쪽으로 가겠다.]

[강호제일악인이 안전한 동쪽을 택하시겠다? 위명이 말이 아니군.]

[장님한테 한번 양보해라, 후후후.]

[망자나 조심하시오.]

[네놈도.]

둘은 고개를 서로에게 고개를 끄덕인 다음 그림자 속을 빠져나왔다. 그리고 최대한 발소리를 죽이며 각각 동쪽과 서쪽으로 흩어져서 뛰었다.

그런데 무명은 잠깐 서쪽으로 달리는가 싶다가 건물 틈새를 발견하자 다시 몸을 숨겼다. 일부러 시간 차를 두어서 이강이 먼저 발각되었을 때를 이용하려는 생각이었던 것이다.

아나나 다를까, 화산파 일당이 이강을 발견했다.

"거기 누구냐?"

"놈이 도망친다! 잡아라!"

이강은 바람처럼 빠르게 움직였으나 횃불을 들고 별장 곳곳을 살피던 화산파 일당의 눈을 피할 수는 없었다. 곧 화산파 일당이 이강이 도주하는 동쪽을 향해 우르르 몰려가기 시작했다.

그림자 속에 숨은 무명은 그 광경을 보며 빙그레 미소를 지었다.

어찌 보면 무명이 이강을 배신한 셈이었다. 그러나……

'당신도 내 생각을 읽고 손가락을 내었으니 장군멍군이오.'

실은 이강은 무명의 생각을 읽고 반사적으로 새끼를 냈던 것이다. 무공 고수인 그에게 찰나의 틈을 노려 손가락을 바꾸는 것쯤은 식은 죽 먹기이리라.

단지 무명 역시 예전의 그가 아니었다.

깊은 내력을 얻은 그는 이강이 등 뒤에서 손을 돌리는 순간 손가락을 바꾸는 것을 똑똑히 볼 수 있었던 것이다.

'나도 당신도 천상 악인이로군, 후후후.'

무명은 무심결에 이강처럼 웃는 자신을 발견하고 흠칫 놀랐다.

하지만 별로 기분이 나쁘진 않았다. 이제 명문정파라는 허울을 내세우는 위선자들과 함께 묶이기보다 차라리 악인으로 불리는 쪽이 낫다는 생각이 들었던 것이다.

어느새 시끌벅적하던 주위가 조용해졌다.

화산파 일당이 이강을 쫓아서 동쪽으로 몰려간 것이었다.

'그만 탈출할까?'

그때 문득 어떤 생각이 들었다.

화산쌍로와 화산사표가 나타나는 바람에 본관 건물은 이렇다 할 조사도 하지 못했는데, 다시 생각해 보니 애초에 잠행 방향이 잘못되었던 것이다.

'본관 건물은 분명 넓다. 하지만 만약 영왕이 망자라면……'

지상에 드러난 건물이 아니라 그 지하에 망자들의 은신처를 숨겨두었으리라.

황궁 밑에 지하 도시가 있던 것처럼.

영왕 신별장에 잠행해서 수확이 없었던 것은 아니다. 화산파가 벽력당의 폭뢰를 도성 근처로 옮기고 있다는 정보를 알아냈으니까.

그러나 태자와 영왕 중 누가 망자인지에 대한 증거는 찾지 못했다.

'건물 지하를 조사하자.'

결정을 내린 무명은 때를 봐서 그림자 속에서 빠져나온 다음 발소리를 죽이고 본관 건물을 옆으로 빙 돌아갔다.

마침 건물 옆쪽에 문 하나가 열려 있었다.

무명은 허리춤에서 환도 한 자루를 빼어 들고는 문으로 다가가서 벽에 등을 기대고 섰다. 그리고 소리가 들리지 않는 것을 확인한 뒤 몸을 돌려 안으로 들어갔다.

…아무도 없었다.

하지만 안심할 수는 없었다. 언제 어디서 화산파 일당이 튀어나올지 모르니까.

'이강이 최대한 많은 인원을 유인했으면 좋겠는데.'

화산사표의 일사형이 망자가 되고 사제가 그에게 물어뜯겼으니 적 두 명이 줄어든 셈이었다. 그러나 만약 그들과 마주치게 된다면 이제는 생사를 건 사투가 될 게 뻔했다.

화산쌍로와 화산사표가 무명에게 책임을 물을 테니까.

일사형이 망자가 된 것은 자신과 아무 상관이 없다고 항변한다면? 그들이 무명의 반론을 들어줄 것인가?

'절대 그럴 리 없지.'

자신들의 잘못은 축소하고 남에게 묻는 책임은 부풀리는 자들.

이강이 왜 그렇게 강호의 명문정파를 우습게 여기는지 이제 무명도 뼈저리게 깨닫기 시작한 것이었다.

무명은 몸을 낮춘 채 발 빠르게 복도를 이동했다. 그리고 복도 모퉁이를 돌 때마다 아래로 향하는 계단이 있는지 살폈다.

건물을 잠행한 지 차 한 잔 마실 시간이 지났을 때, 지하실로 이어지는 계단을 발견했다.

'역시 있었군.'

그는 한 걸음, 한 걸음 계단을 내려갔다.

계단은 나무로 만든 것이라서 발을 디딜 때마다 소리가 났다.

삐그덕, 삐그덕······.

바늘 떨어지는 소리도 들릴 만큼 적막한 가운데 나무 계단이 삐걱거리고 있으니, 마치 천둥소리처럼 요란하게 들렸다. 계단 밑에 망자라도 있으면 들키지 않을 도리가 없으리라······.

곧 계단이 끝났다.

무명은 환도를 가슴에 대고 벽에 기대서 상황을 살폈다.

아무 소리도, 아무 기척도 없었다.

지상도 한밤이라 어두웠으니 지하실은 그야말로 한 치 앞도 보이지 않았다.

무명은 품에서 화섭자를 꺼내 불었다.

화륵. 화섭자에 불꽃이 붙자 캄캄한 암흑이 잠깐 밝아졌다.

화섭자는 안에 들어 있는 불씨에 바람을 불어 넣어서 종이나 횃불에 불을 옮기는 물건이다. 당연히 화섭자만으로는 불꽃을 오래 유지할 수 없었다.

하지만 무명은 화섭자만 들고 지하실을 조사하기로 했다.

활활 타오르는 횃불을 들었다가는 망자나 화산파 일당에게 '나 여기 있소'라고 소리치는 셈일 테니까.

화섭자 불꽃은 잠깐 앞을 밝혔다가 금세 꺼지기를 반복했다.

때문에 무명은 몇 발짝 걷다가 멈춰서 화섭자를 불고, 다시 몇 발짝 전진하기를 반복했다.

칠흑처럼 어두운 지하실을 십여 장 정도 걸었을 때였다.

찰박.

발밑에서 물소리가 났다.

물은 아니었다. 물이었다면 좀 더 가볍고 산뜻한 소리가 났으리라.

그렇다면 발이 밟은 묵직한 액체의 소리는 바로······.

'피 웅덩이.'

무명이 화섭자를 아래로 향해 불었다. 짐작이 옳았다. 지하실 바닥에 검붉은 핏물이 넓게 퍼져서 피 웅덩이를 만들고 있었던 것이다.

피와 어둠. 망자가 가장 좋아하는 두 가지.

무명은 당장 내려칠 수 있도록 환도를 높이 치켜들었다. 그리고 피 웅덩이가 이어지는 곳을 향해 천천히 전진했다.

그리고 어둠 속, 일장 앞에서 이상한 기척이 느껴졌다.

무명이 환도를 꽉 틀어쥐며 화섭자를 불었다.

화륵.

순간 쥐 죽은 듯이 조용하던 지하실에 요란한 잡음이 울려 퍼졌다.

퍼드드득! 꼬꼬댁! 꿀꿀꾸울!

닭들이 홰를 치는 소리, 돼지 떼가 울부짖는 소리.

잔뜩 긴장하고 있던 무명은 허탈한 마음에 환도를 쥔 손을 내렸다. 요란한 소리의 정체는 지하실 구석진 곳의 우리에 갇혀 있는 짐승들이었던 것이다.

몇 마리의 돼지와 수십 마리의 닭이 비좁은 우리 속에 한데 뒤엉켜 있었다. 화산파가 폭뢰를 운반하는 작업 중에 식량으로 쓸 가축들로 보였다.

또한 우리 옆에 식칼이 꽂힌 큼지막한 나무 탁자가 있었는데, 이미 많은 가축을 도살했는지 핏물이 마르지 않고 뚝뚝 떨어지고 있었다. 피 웅덩이는 그 핏물이 바닥으로 흘러서 고인 것이었다.

망자의 은신처를 찾던 무명은 기운이 쭉 빠졌다. 화섭자 불꽃에 잠이 깨서 울부짖기를 멈추지 않는 가축들. 이강이 이 꼴을 봤으면 뭐라고 놀렸을까?

'지나가던 개가 짖어도 이보다는 덜 시끄럽겠구나!'

…왠지 그의 목소리가 귓가에 들리는 것 같았다.

무명은 이제 조심하지 않고 화섭자를 연신 밝히며 지하실을 둘러봤다.

가축우리 말고도 한쪽에 벽곡단이 가득 담긴 가마니가 쌓여 있었다. 또한 구석에는 잘 익은 술이 가득 담긴 단지도 수십 개 쌓여 있었다.

화산파는 지상에 있는 창고는 폭뢰를 비축하고 이곳을 식량 창고로 쓰고 있었던 것이다.

'망자 은신처? 후후, 헛수고였군.'

무명이 쓴웃음을 지으며 지하실을 나가려고 몸을 돌릴 때였다.

스윽.

어둠 속에서 누군가가 무명의 목에 검을 갖다 댔다.

"움직이면 죽는다."

검날은 한 치 앞도 안 보이는 암흑 속에서도 서슬 퍼럴 만큼 잘 벼려져 있었다.

망자인가?

그럴 리는 없다. 망자라면 위협하기보다 목덜미를 물어뜯었으리라.

그럼 화산파? 그들은 이강을 쫓아서 몰려가지 않았나?

설마 화산쌍로와 화산사표가 지하실에 몸을 숨긴 채 덫을 놓고 기다렸다는 말인가?

무명은 등 뒤에 있는 그림자의 정체를 예측할 수 없었다.

그때였다.

갑자기 목에 걸쳐진 검이 스윽 하고 뒤로 빠지는 것이 아닌가?

"……?"

무명은 영문을 알 수 없었다. 포박을 하거나 점혈을 한 것도 아닌데 기껏 잡은 적을 스스로 놓아주다니?

그림자가 말했다.

"뭐야? 화산파인 줄 알았잖아!"

목소리의 주인은 전혀 상상도 못 한 뜻밖의 인물이었다.

무명은 설마 하는 심정으로 몸을 돌렸다.

그림자는 검을 쥐지 않은 손에 작은 호롱불을 들고 있어서 얼굴을 알아볼 수 있었다.

항상 연분홍빛 옷을 입던 것과 달리 칠흑 같은 흑의를 걸친 그림자. 하지만 가슴 아래까지 내려오는 흑발과 묘하게 색기가 도는 눈빛은 평소 그녀의 모습 그대로였다.

그림자의 정체는 명문정파의 후기시수라기보다 부잣집 따님이 더 어울리는 아미파의 제자이자 남궁세가의 여식, 남궁유였다.

"당신 방금 죽을 뻔한 거 알아? 나 그냥 검을 그어버리려고 했다고!"

남궁유가 기가 막힌다는 얼굴로 말했다.

"대체 당신이 왜 여기 있는 거야?"

"일이 있어서 잠행했소."

"무슨 일?"

"그건……."

무명은 잠시 말을 멈췄으나 곧 긴장을 풀었다.

화산파인 줄 알고 검을 겨눴다. 그러나 무명을 알아보고 당장 검을 회수했다.

게다가 남의 눈에 띄지 않게 흑의를 걸친 복장.

그게 뜻하는 것은 하나였다.

'그녀도 영왕의 신별장에 잠행 중이다. 아마 제갈성의 명을 받았겠군.'

남궁유에게 적의가 없는 것을 확인하자 무명은 대답했다.

"사적인 일로 주작호에 왔는데 영왕 별장에서 화산파가 이상한 일을 벌이길래 정황을 알아보던 참이오."

계속해서 무명은 그간의 사정을 간략히 설명했다. 서로가 잠행 중인데 괜히 사실을 숨겨서 의심받을 필요는 없다고 생각했기 때문이다.

"당신 혼자 왔어?"

"이강도 함께 왔소."

그 말에 남궁유가 양미간을 살짝 찡그렸다. 무명은 활처럼 휘어진 그녀의 눈썹이 너무 예뻐서 할 말을 잃다가 곧 정신을 차리고 입을 열었다.

"하지만 중간에 헤어졌으니 신경 쓸 것 없소."

"그랬군. 재수 없는 자랑 안 마주쳐서 다행이네."

무림맹의 명이라고는 하나 명문정파의 후기지수인 그녀에게 강호 사대악인 이강을 대하는 것은 여전히 껄끄러운 일이리라.

이번에는 무명이 되물었다.

"당신은 무슨 일로 잠행한 것이오?"

"나? 나야 부맹주님이 시켜서 왔지. 영왕과 화산파가 무슨 일을 꾸미고 있다고 하잖아."

역시… 무명은 내심 감탄했다. 제갈성은 태자와 영왕의 권력 다툼도 놓치지 않고 예의 주시하고 있었던 것이다.

남궁유가 손가락으로 긴 머리카락을 배배 꼬며 말했다.

"화산파 경비는 철통같지, 밖에는 망자들이 돌아다니지, 고생만 죽어라 했다고! 근데 화산파가 몽땅 어디로 가길래 지하실에 숨었는데 아무것도 없잖아? 이럴 거면 왜 보낸 거야,

진짜!"

"……"

무명은 속으로 한숨을 쉬었다. 남궁유의 실력은 대단했지만 철없는 것은 여전했다.

갑자기 그녀가 무슨 생각이 들었는지 무명을 째려봤다.

"참! 부맹주님이 당신이 사파의 세작일지도 모른다고 했는데? 사실이야?"

무명은 헛웃음이 나오려는 걸 간신히 참았다.

그걸 세작한테 직접 물으면 어쩌란 말인가? 게다가 그 사실을 알고 있었다면 검을 치우기 전에 먼저 확인해야 되지 않는가?

남궁유의 언행은 중원 무림을 이끌어갈 후기지수로 보기에는 너무나 허술했다.

어쨌든 무명은 부인하지 않고 대답했다.

"아마 사실일 거요."

"뭐야? 그럼 내가 잡아가야 되는 건가?"

"그럴 필요는 없소. 나는 정체불명의 살수 조직에 세뇌되었을 뿐, 무림맹에 반하는 일을 벌일 생각은 없소."

"흐음."

남궁유는 미덥지 못하다는 표정으로 팔짱을 낀 채 무명을 쳐다봤다.

그러다가 뜻밖의 말을 꺼냈다.

"우리 이러는 건 어때?"

"뭘 말이오?"

"서로 알고 있는 정보를 교환하자."

"…좋소."

무명은 대답은 했지만 큰 기대는 하지 않았다.

그런데 남궁유의 말은 입이 딱 벌어질 만큼 충격적이었다.

"황족 중에서 누가 망자인지 알아냈어. 태자가 바로 망자
야."

남궁유의 말이 청천벽력처럼 무명의 귀청을 때렸다.

"황족 중에서 태자가 바로 망자였어."

"……."

태자와 영왕 둘 중에 하나가 망자다.

그 사실은 이미 추측하고 있었다. 그러나 둘 중 누가 망자
인지는 증거가 확실하지 않았다.

그러던 중 남궁유가 태자가 망자라고 입을 뗀 것이다.

잠시 할 말을 잃고 침음하던 무명은 가까스로 입을 열어
반문했다.

"그걸 어떻게 알았소?"

"나 주작호를 지나오다가 이상한 걸 봤어."

남궁유가 들고 있는 호롱불의 빛이 그녀의 두 눈에 반사되
어 이상한 광채를 띠었다.

"내가 수풀 속에 숨어 있는데 태자가 금위군을 대동하고 어디론가 가는 걸 봤어. 근데 금위군의 모습이 이상했어. 얼굴 절반이 썩어 들어가서 꼭 시체 같았는데 아무렇지 않게 멀쩡히 움직였다고!"

"금위군이 망자 같았다, 그런 말이오?"

"응. 그리고 태자가 금위군한테 명을 내리는데 입속에서 뱀 같은 게 낼름거리며 빠져나오더라고. 그게 뭐라고 했지?"

"혈선충이오."

"맞아, 혈선충!"

그녀가 손뼉을 치며 말했다.

"그건 사람 혓바닥이 아냐! 혈선충이 분명했다고."

그쯤 되자 무명도 동의하지 않을 수 없었다. 남궁유의 말투는 철없는 부잣집 따님 같았지만 내용은 태자가 망자라고 확신할 만한 증거를 담고 있었다.

이강은 태평루를 포위했던 금위군들이 망자라고 했다.

황태후 행차 때 망자 떼에 목숨을 잃은 금위군들이 망자로 다시 부활하여 주작호를 거닐고 있다. 그리고 태자는 정체를 들키지 않기 위해 무당파의 백운을 떨어뜨려 놓은 뒤 주작호를 돌면서 망자 금위군을 하나씩 모으고 있는 것이다.

만약 태자가 망자 금위군을 앞세워서 황궁을 노리고 있다면?

단순히 황자들 간의 권력 다툼을 넘어서 중원이 위기에 처했다는 뜻이었다.

무명이 생각에 빠져 있을 때, 남궁유가 양손으로 허리를 짚으며 말했다.

"이제 당신 차례."

"무슨 말이오?"

"발뺌하는 거야? 서로 정보를 교환하기로 했잖아?"

"…물론이오."

무명은 고개를 끄덕였다. 남궁유가 말한 정보가 충격적이어서 잠시 멍하니 정신 줄을 놓고 있었던 것이다.

"지하 도시에 잠행했을 때 데리고 온 문사가 있소. 망자에 얽힌 음모는 모두 그자와 연관이 있소."

그는 남궁유에게 소림사로 가는 길에 알아낸 사실을 얘기했다.

만련영생교라는 사이비종교 집단이 있는데 그들은 망자를 숭배한다. 또한 문사를 '시황'이라 칭하며 그의 명령에 복종한다. 광명좌우사가 시황을 호위하는데, 둘은 기이한 능력을 지닌 것으로 보아 과거 흑랑성의 살수가 아닐까 짐작된다.

이 사실은 제갈성에게도 미처 얘기하지 못한 중요한 정보였다.

물론 지금쯤 정영이 제갈성에게 보고했을지도 몰랐다. 하지만 남궁유가 입을 동그랗게 벌린 채 얘기를 듣고 있는 것을 볼 때 적어도 그녀는 처음 듣는 얘기인 듯했다.

"만련영생교? 시황?"

"그렇소."

"지하 도시에서 꺼내 온 자가 실은 망자의 수장이었단 말야?"

"그런 것 같소."

"악마가 재갈을 풀고 지옥에서 나온 셈이네."

남궁유가 심각한 표정으로 손가락 살점을 물어뜯었다.

무명은 크게 가슴이 뛰는 것을 느꼈다. 입술을 질끈 깨물며 아미를 찡그리는 그녀의 모습이 앳된 얼굴과 묘한 색기가 어우러져서 기이한 흥분을 자아냈기 때문이다.

경국지색. 사내라면 누구나 그녀를 보고 마음이 설레리라.

지금 남궁유라면 송연화와 미모를 견주어도 전혀 손색이…….

순간 이상한 생각이 들었다.

'송연화…….'

무명과 이강이 주작호에 온 까닭은 난쟁이 흑소귀를 찾기 위해서였다.

그런데 주작호에서는 태자가 망자 금위군을 이끌고 다녔으며, 화산파가 영왕을 위해 폭뢰를 운반하는 흉계를 꾸미고 있었다.

목숨이 몇 개 있어도 부족할 것 같은 주작호 잠행.

'난쟁이는 찾았다. 하지만…….'

주작호가 태자와 영왕이 흉계를 꾸미는 위험천만한 장소라는 사실을 송연화가 몰랐을까?

아니면 왜 한마디도 언급을 안 한 것일까?

혹시 그녀가 무명과 이강을 일부러 주작호로 보내려고 했다면……

'설마.'

터무니없는 상상에 절로 헛웃음이 나왔다.

그러나 의문은 계속해서 꼬리에 꼬리를 물고 이어졌다.

소림 방장과 제갈성은 무림맹에 망자 세작이 숨어 있을지도 모른다고 했다. 창천칠조에게 중요한 정보를 뒤늦게 말해주는 것도 그래서였다.

그런데 지금 남궁유의 증언으로 태자가 망자라는 사실이 드러난 것이다.

태자와 접점이 있으며 무림맹에서도 중요 직책을 맡은 자. 게다가 세작 활동에 걸림돌이 없는 자.

그런 자가 과연 몇 명이나 있을까?

무명은 자기도 모르게 침을 꿀꺽 삼켰다.

다시 생각해 보니 송연화의 존재는 하나같이 수수께끼였다.

송연화는 곤륜파의 후기지수다. 곤륜파는 중원에서 멀리 떨어진 청해 땅에 있다. 그녀가 어떤 과정을 거쳐서 중원에 왔는지 정확히 아는 자는 아무도 없으리라.

그리고 보니 강호인들이 말하길, 망자가 처음 창궐했다는 흑랑성이 바로 청해와 감숙 땅의 경계에 있다고 하지 않았던 가?

'만약 그녀가 무림맹에 들어오기 전부터 혈선충에 감염되었 다면?'

송연화는 정혜귀비의 궁녀로 가장해서 황궁에 들어가 있 다. 황궁 사정을 무림맹에 보고하는 세작. 그녀가 무림맹에 충 성해야 하는 이유는 무엇일까?

아니, 애초에 충성할 이유가 없는 것은 아닐까?

작금 구대문파와 오대세가의 대부분이 손익을 따져본 뒤 무림맹에서 떠난 지 오래였다. 무림맹에 남은 자들, 예를 들어 창천칠조만 해도 무림맹보다 자파의 이득을 우선시하며 행동 하고 있지 않은가.

송연화가 충성하는 대상이 무림맹이 아니라면……

'언젠가 황위에 오를 태자!'

무명은 충격적인 결론에 멍한 눈으로 허공을 응시했다.

남궁유가 걱정스러운 눈빛으로 물었다.

"당신 갑자기 왜 그래?"

"……"

무명은 입을 굳게 다문 채 한마디도 하지 않았다. 그의 머 릿속은 송연화에 대한 의심으로 가득 차서 남궁유의 목소리 가 들리지 않을 정도였다.

송연화가 정말 망자일까?

그럴 리가 없다. 지나가는 개가 웃을 소리다. 그녀와 함께한 시간이 하루 이틀이 아닌데 그 동안 망자라는 것을 어떻게 숨겼다는 말인가?

그때 문득 어떤 생각이 뇌리를 스치고 지나갔다.

…망자는 연기를 잘한다.

이어서 무명의 머릿속에 이강이 하던 말이 신기루처럼 둥둥 떠다녔다.

'송연화 년, 사람 맞냐? 망자라는 말은 아냐. 단지 머릿속이 텅 비어 있는 것 같아서 도무지 생각을 읽기 힘들단 말야.'

'설마……'

송연화가 두 황자 중 한 명과 연결된 세작이라면?

그리고 황족 중에 숨어 있다는 망자가 바로 태자라면?

두 가지 의문이 사실이라면 지금까지 흐리멍덩한 안개처럼 느껴졌던 수수께끼가 단숨에 풀려 버리는 것이다.

왜 그 사실을 이제야 깨달았을까?

짝!

갑자기 귀청을 때리는 박수 소리가 들렸다.

"이봐, 무명! 당신 정말 왜 그래? 뭐 잘못 먹은 거 아냐?"

보다 못한 남궁유가 손뼉을 치며 무명을 놀라게 한 것이었다.

정신이 번쩍 든 무명이 천천히 입을 열었다.

"…놀라운 사실을 알아냈소."

"뭔데 그래?"

"송연화가 망자인 것 같소."

"뭐어? 연화가… 그러니까 창천칠조의 송연화가 망자라고?"

"그렇소."

무명은 고개를 끄덕였다. 그리고 지금까지 알아낸 사실을 하나씩 남궁유에게 설명했다.

남궁유는 손가락을 물어뜯으며 얘기에 귀를 기울였다. 하지만 무명의 얘기가 모두 끝나도 좀처럼 수긍하지 못하는 얼굴이었다.

"말도 안 돼! 그럴 리가 없어!"

"안타깝지만 사실이오."

"연화가 망자라고? 하하하, 당신이 뭘 잘못 안 거야!"

남궁유는 부잣집 따님처럼 웃음을 터뜨렸으나, 평소와는 달리 목소리에서 어딘가 떨리고 흥분되는 기색이 느껴졌다.

"당신은 모르겠지만 난 연화와 어려서부터 알던 사이야. 아미산에서 몇 번이나 만나서 놀았다고!"

"모든 정황이 송연화가 망자라고 가리키고 있소."

"하지만……."

"황족 중에 숨어 있는 망자와 접선할 길이 가장 많은 자는 그녀요. 그녀는 태자의 생모인 정혜귀비의 궁녀로 있으니까."

무명은 일언지하에 남궁유의 반박을 일축했다.

그러나 그녀는 여전히 무명의 말을 믿지 않으며 반박했다.

"그럴 리가 없어! 연화는 망자가 아냐!"

"……"

무명은 침음한 채 그녀가 냉정을 되찾기를 기다렸다.

충격을 받은 것은 남궁유뿐 아니라 무명도 마찬가지였다. 지금은 현실을 직시해야 할 때였다.

제갈성은 황족 가운데 망자가 있다는 사실을 창천칠조에게도 숨겼다.

그런 극비 사항 중에 정황이 겹친다는 것은 곧 명명백백한 증거나 다름없는…….

'잠깐.'

문득 이상한 점을 깨달았다.

'소림 방장과 제갈성을 처음 만났을 때 망자 황족 얘기는 절대 비밀로 한다고 말했다. 그렇다면…….'

남궁유는 황족 중에 망자가 있다는 사실을 어떻게 알았을까?

갑자기 허공에 검광이 번쩍이더니 둥글게 호를 그렸다. 검광을 그리는 것은 남궁유의 연검이리라. 버드나무처럼 휘어지는 그녀의 연검이 아니라면 둥근 검광을 만드는 것은 어떤 병장기로도 불가능할 테니까.

"연화는 망자가 아니라니까!"

푹.

남궁유가 공중에서 연검을 날려 무명의 배를 깊숙이 찔렀다.

"절대 그럴 리가 없어! 왜냐고? 망자는 연화가 아니라 바로 나니까, 아하하하하!"

낭랑하면서 동시에 앙칼진 웃음소리가 어두운 지하실에 울려 퍼졌다.

스으윽.

남궁유가 부드럽게 연검을 뽑았다.

연검은 어찌나 날이 얇은지 무명의 배에 검흔을 남기지 않고 빠져나갔다. 그러나 잠시 후 그의 배에 손가락 마디 하나 정도의 실금이 쭉 그려지더니 핏물이 배어 나오기 시작했다.

주르륵.

털썩. 무명이 바닥에 한쪽 무릎을 꿇었다. 배에서 흐른 피가 사타구니 쪽으로 흘러서 방울방울 바닥에 떨어졌다. 뚝뚝뚝.

곧 바닥에 피 웅덩이가 생기리라.

망자들이 가장 좋아하는 산 자의 피 웅덩이가…….

"아하하하하! 환관 놈, 꼴좋다!"

한참 광소를 터뜨리던 남궁유가 웃음을 딱 멈췄다.

눈동자 주위의 사면에 흰자위가 드러난 사백안(四白眼). 짐승의 눈. 호롱불 불빛이 어른거리는 남궁유의 얼굴에는 희로애락의 감정이 조금도 보이지 않았다.

이제 얼굴만 보고도 망자라는 것을 알 수 있었다.

…그러나 때는 이미 늦었다.

"크흡!"

말을 하려고 숨을 쉬자 배 속이 시뻘겋게 달군 부지깽이로 쑤시는 것처럼 뒤틀렸다. 무명은 비명을 흘린 뒤 간신히 입을 열었다.

"하나만 묻지."

"뭔데?"

"황족 중에 망자가 있다는 사실을 제갈성이 말했소?"

"그런 적 없는데?"

남궁유가 어깨를 으쓱하다가 양미간을 구기며 말을 이었다.

"뭐야, 그럼? 제갈성이 태자가 망자라는 걸 알고 있었단 말야?"

"그것까지는 몰랐소. 단지 황족 중에 망자가 있으리라 추측했을 뿐이지."

"제갈성, 이 교활한 놈! 창천칠조한테는 아무 귀띔도 안 하더니 모르는 척 속이고 있었군."

역시… 무명은 작게 고개를 끄덕였다.

제갈성은 창천칠조에게 철저히 비밀을 숨기고 있었던 것이다. 무림맹의 어떤 자가 망자일지 알 수 없으니까.

그렇다면 황족 중에 망자가 있는 걸 남궁유가 아는 까닭은 하나밖에 없었다.

'남궁유가 바로 망자였다.'

무명은 참담한 심정으로 생각했다.

'내 실수다.'

태자와 영왕 중 누가 망자냐는 것에 지나치게 정신이 팔려 있던 게 문제였다. 그런 줄도 모르고 태자와 관련 있다며 애꽃은 송연화를 의심했으니…….

만약 정신을 차리고 있었다면 남궁유의 실언을 눈치채고 역습을 가할 기회가 있었으리라.

아니, 역공을 펼칠 기회가 있었다는 것도 착각이 아닐까?

무명이 물었다.

"내게 태자가 망자라는 사실을 말한 이유가 뭐지?"

"뭐, 말해도 상관없잖아?"

남궁유의 대답은 무명에게 남은 일말의 기대를 싹 사라지게 만드는 것이었다.

"환관 놈을 주작호로 들어오게 하는 데 성공했으니 아무렴 어때? 덫에 빠진 쥐새끼가 가긴 어딜 가겠어?"

무명은 침을 꿀꺽 삼켰다.

그녀는 무명과 이강이 주작호로 잠행할 것을 이미 예상하고 있었다. 사정이 그러니 덫에 빠진 먹잇감에게 무슨 말을 하든 크게 신경 쓰지 않았던 것이다.

주작호는 곧 거대한 쥐덫이었다.

"그래서, 날 죽일 생각이오?"

"아니. 그럼 재미없지."

남궁유가 연검을 입가로 가져가더니 혀를 내밀어 검날에 묻은 피를 핥고는 말했다.

"태자랑 약속했어. 네 목을 베고 망자로 만들기로!"

남궁유가 핏물이 벌건 연검을 입가로 가져가더니 혀를 날름거리며 피를 핥았다.

스릅!

두 갈래로 갈라진 뱀의 혀. 망자의 혈선충.

그녀가 호롱불을 들어 무명의 표정을 살피며 말했다.

"뭐야? 겁먹은 거야?"

"……."

"처음 보는 것도 아니면서 놀라긴."

무명은 아무 말 없이 뚫어지게 그녀의 얼굴을 노려봤다.

충격을 받은 것은 사실이었다. 하지만 망자로 변한 남궁유의 모습을 보아서가 아니라 자신의 어이없는 실수가 믿어지지 않아서였다.

남궁유가 배시시 웃으며 말했다.

"이제 내가 물을 차례네? 너한테……."

그때 남궁유의 목소리가 점점 작아지더니 갑자기 머릿속에 청천벽력이 떨어졌다.

쿠웅!

누군가 쇠망치를 내려친 것처럼 머리가 크게 뒤흔들렸다.

'크윽!'

무명은 격심한 통증에 속으로 비명을 질렀다. 동시에 누군가의 목소리가 들렸다.

'눈은 기억한다.'

또? 무명은 환청처럼 들린 목소리의 정체가 기억났다.

먼저 태평루에서 이강의 수법을 따라 할 때도 머릿속에 전음처럼 들렸던 목소리. 바로 백령은침을 시술하고 세뇌한 이매망량 수장의 목소리이리라.

그런데 왜 다시 통증과 함께 목소리가 들린 것일까?

순간 기이한 일이 벌어졌다.

눈앞에 갑자기 이강의 모습이 어른거리면서 그의 목소리가 귓가에 들리는 것이었다.

'망자는 닭의 피를 마시면 죽는다.'

누군가가 깔깔대며 웃음을 터뜨렸다.

'목을 베도 죽지 않는데 고작 닭 피에 죽는다고? 아하하하, 말도 안 돼!'

웃음의 주인은 다름 아닌 남궁유였다. 또한 그녀 옆에서 어이없다는 표정으로 쓴웃음을 짓는 창천칠조가 보였다.

무명은 눈앞에 보이는 광경을 믿을 수 없었다.

'환청이 들리더니 이번에는 환각까지 보이는 건가?'

문득 어떤 생각이 들었다.

남궁유의 말투가 이상했다. 이강의 말을 비웃는 폼이 왠지 망자의 편을 드는 것처럼 느껴졌기 때문이다. 그때는 그냥 철없는 부잣집 따님이라고 여겼었는데…….

그러고 보니 망자 얘기가 나올 때마다 남궁유가 수상한 반응을 보인 것은 한두 번이 아니었다.

그때 갑자기 시야가 짙은 회색으로 꽉 들어찼다.

'또 환각인가?'

또 무슨 일이 벌어졌는지 몰라서 멍하니 있던 무명은 눈앞에 펼쳐지는 장면을 보고 정신이 번쩍 들었다.

눈앞에 이강과 창천칠조가 있는 것은 물론, 진문, 제갈윤, 마지일의 모습도 함께 보이는 것이 아닌가?

'황궁 밑의 지하 도시?'

그랬다. 이번에 보이는 환각은 지하 도시를 잠행할 때인 것 같았다.

계속해서 눈앞의 인물들이 대화하는 소리가 환청으로 들렸다. 그중 하나의 목소리는 다름 아닌 무명 자신의 것이었다.

'잠행조 중에 아직 망자가 없는 게 아니라 이미 망자가 있었던 것이오.'
'하하하, 말도 안 돼!'

무명의 말에 대번에 웃음을 터뜨린 자는 역시 남궁유였다.

'망자가 부맹주님까지 속였다고? 그건 당신 생각이지!'
'아니. 무림맹의 인물 중 누가 망자인지 모르기 때문이오.'

그러자 남궁유는 더는 웃지 못하고 침음했다. 그때는 순진한 부잣집 따님인 그녀가 일행 중에 망자가 있다는 말에 충격을 받아서였다고 지레짐작했었다.

하지만 그게 아니었다면? 눈앞에 망자가 있다는 사실은 까맣게 모르는 채 허둥대고 있는 잠행조가 우스워서 광소했던 것이었다면……

그때 장면이 싹 바뀌며 세 번째 환각이 시작되었다.

이번에는 먼저 환각과 그리 머지않은 시점이었다. 바로 무명이 망자 색출법을 알아냈다며 일행에게 웃옷을 벗으라고 명령하던 때였다.

'말도 안 돼!'

무명은 눈앞에 펼쳐지는 광경에서 짜증을 부리는 자를 찾았다.

…역시 남궁유였다.

'우리가 남만 사람도 아닌데 왜 옷을 벗고 다녀? 난 싫어! 못해!'

'뭔가 켕기는 게 있어서 옷을 못 벗는 거냐? 후후후.'

'켕기긴 뭐가 켕겨? 난 숨기는 거 없어!'

이강이 비꼬자 남궁유는 바락바락 대들며 소리쳤었다.

과연 웃옷을 벗는 게 창피해서였을까? 그게 아니라면 무명이 거짓 함정을 팠을 때 유독 반대하던 이유가 무엇일까?

그밖에도 환각으로 보이지는 않지만 무명의 뇌리를 스치는 기억이 있었다.

남궁유는 한빙석 방을 지나갈 때마다 유난히 추위에 몸을 떨었다. 단지 웃옷을 벗어서였을까? 아니면……

무명은 생각했다.

아미파는 중원 구대문파의 하나이며 소림, 무당, 화산 다음가는 명문 중의 명문이다. 또한 남궁세가는 강호에 숱한 명사를 배출했으며 당금 중원 최고의 재력을 자랑하는 명문세가이다.

아미파의 후기지수이며 남궁세가의 여식인 남궁유.

그녀가 송연화보다 황궁에 접근하지 못할 이유가 어디 있단 말인가? 정혜귀비의 궁녀라는 점을 제외한다면 송연화보다 오히려 남궁유가 황족과 연줄을 이을 능력이 있지 않을까?

눈앞을 스쳐 지나간 장면들은 남궁유가 망자일지 모른다는 심증을 보여주고 있었다.

물론 모든 것은 단지 정황 증거에 불과했다.

즉, 가장 결정적인 증거는 남궁유가 방금 꺼낸 말이었다.

제갈성은 황궁에 망자가 있다는 사실을 창천칠조에게 비밀로 숨기고 있었다. 그런데 남궁유가 대뜸 황족 중에서 누가 망자인지 알아냈다고 말한 것이다.

왜 그 사실을 즉시 알아차리지 못했는가?

즉, 그때가 남궁유가 망자라는 것을 알아차릴 처음이자 마지막 기회였다.

'절호의 기회를 놓쳤군.'

어리석었다.

사람은 누구나 실수하게 마련이다. 하지만 해서는 안 될 실수가 있었다.

목숨과 교환되는 실수는 절대 해서는 안 되는 것이다······.

그때였다.

눈앞에서 어른거리던 광경이 신기루처럼 싹 사라지더니 곧이어 중간에 끊겼던 남궁유의 목소리가 재차 들리기 시작했다.

"…너한테 물어볼 게 아주 많거든."

남궁유가 색기 넘치는 미소를 지었다.

무명은 그제야 상황을 깨달았다. 모든 환각이 그림으로 보듯 똑똑히 재현된 것은 불과 남궁유가 말 한마디를 꺼내는 동안이었던 것이다!

사람은 죽기 전에 생전의 기억이 주마등처럼 빠르게 눈앞을 스쳐 지나간다고 한다.

방금 무명이 본 환각이 바로 그랬다.

'대체 내 몸에서 무슨 일이 벌어지는 거지?'

소행자와 우수전의 내력을 흡수한 뒤로 신체에 이상한 변화가 생기기 시작했다. 그렇다고 잃어버린 기억이 돌아온 것은 아니었다.

혹시 내력을 얻으면 특정 행동을 하게끔 세뇌된 것은 아닐까?

무명이 여전히 생각에 골몰해 있자 남궁유가 양미간을 찡그리며 말했다.

"정신 차리시지, 환관 나리?"

"……"

"이제 네가 정보를 줄 차례야. 말해, 망자비서는 어디 있지?"

"제갈성이 가져갔소."

"설마! 솔직히 털어놔. 제갈성에게 준 건 가짜고 진본은 네가 숨겨놨지?"

"아니. 그가 가진 게 진짜요."

"뭐야? 망자비서가 있으면 천하를 손에 넣을 수 있다는 말도 못 들었어? 근데 그걸 공짜로 남한테 넘겼다고? 무슨 환관이 욕심이 없어!"

남궁유가 어처구니없다는 표정으로 소리쳤다.

실은 넘긴 게 아니라 빼앗긴 셈이었지만 무명은 변명하지 않고 입을 다물었다.

망자비서는 위서일 가능성이 높았다. 망자비서가 있으면 천하를 얻는다는 소문 또한 누군가가 강호를 어지럽히기 위해 만든 헛소문이리라.

하지만 지금 그 사실을 남궁유에게 들켜서는 안 됐다.

들키는 즉시 목숨이 날아갈 테니까.

무명이 슬쩍 화제를 바꾸며 물었다.

"이대로 있어도 괜찮을까? 곧 화산파가 들이닥칠 텐데?"

"아하하, 상관없어."

쌔애액. 남궁유가 뱀의 혀를 낼름거리며 말했다.

"어차피 오늘 밤 안으로 다 망자가 될 텐데 뭘!"

"……."

"화산파도 금위군도 몽땅 망자가 될 거야. 물론 처음 망자가 되는 것은 너지만 말야."

어떻게든 허를 찔러보려는 무명의 시도는 실패로 돌아갔다. 그녀의 말은 절대 허세로 들리지 않았다.

"다들 주작호로 모이니 일이 쉬워졌어. 안 그래? 아하하하하!"

남궁유가 배를 잡고 광소를 터뜨렸다.

쥐덫에 걸린 자는 무명 하나만이 아니었던 것이다.

"이번에는 내가 묻지. 창천칠조가 구성될 때 제갈성을 어떻게 속인 것이오?"

중원에서 망자에 대해 가장 잘 아는 자는 단연 이강이며 그다음으로 무명 자신을 꼽을 수 있었다.

하지만 지모가 뛰어나기로 유명한 제갈세가의 일공자 제갈성 역시 만만한 인물이 아니었다.

창천칠조는 그가 명문정파의 후기지수 중에서 직접 고른 자들이었다. 그런데 그가 망자일지 모른다는 의문을 남긴 채 창천칠조를 만들었을까?

절대 아니다. 무명은 고개를 저었다.

그러나 의문은 남궁유의 말 한마디에 풀려 버렸다.

"아하하하, 그게 궁금했어? 창천칠조 들어올 때는 망자가 아니었다고!"

그랬군… 무명은 기운이 쭉 빠졌다.

이미 창천칠조를 만든 뒤에 남궁유가 망자가 되었으니 용의주도한 제갈성마저 눈치채지 못했던 것이었다. 공사다망한 그가 창천칠조의 행방만 뒤쫓고 있을 수는 없지 않은가?

게다가 의미심장한 말실수를 해도 아무도 남궁유를 의심하지 않았을 것이다. 그녀는 굳이 연기하지 않아도 애초에 철없는 부잣집 따님이었으니까.

'그녀를 너무 얕봤군.'

아니, 남궁유뿐 아니라 어떤 망자라도 얕본다면 치명적인 실수가 되리라.

"다음은 내 차례지?"

남궁유가 생각을 하는가 싶더니 곧 고개를 내리며 말했다.

"관두자. 당장 물어볼 게 생각 안 나네. 그만 망자로 만들어 줄게."

무명은 가슴이 철렁했다.

하지만 억지로 태연자약한 표정을 유지하며 말했다.

"그냥 죽이시지, 망자는 왜?"

"그냥 죽이는 건 너무 아깝거든. 너, 세작으로는 최고라서 말야. 그건 인정!"

최고의 세작이라서 망자로 만들어 수하로 부리겠다는 말인가?

절대 듣고 싶지 않은 칭찬이었다.

"망자가 되면 우리 쪽 세작이 돼서 열심히 일하라고. 그럼 태자가 황위에 올랐을 때 네 자리도 크게 챙겨줄 테니까."

"필요 없소."

"뭐야? 관직이 필요 없다고? 거짓말!"

남궁유가 못 믿겠다는 듯이 입을 삐죽 내밀었다. 이런 상황에서도 그녀의 얼굴은 색기가 흘러넘쳐서 보는 이의 마음을 두근거리게 만들고 있었다.

그러나 다음 순간 무명의 심장은 얼어붙고 말았다.

척!

남궁유가 무명의 목에 연검을 갖다 댔던 것이다.

"걱정 마. 안 아프게 해줄게."

"…헛소리. 자기 목도 잘려보지 않고서 남 목이 아프지 않으리라고 어떻게 장담하지?"

무명은 목소리가 떨리는 것을 꾹 참으며 물었다. 하지만 돌아오는 대답에 가슴이 더욱 서늘해졌다.

"내 목도 베여봤어."

그녀가 검지를 들어 목 근처를 박박 문질렀다.

그러자 짙게 바른 분 화장이 벗겨지며 붉은 실금이 나타나는 것이 아닌가? 목을 빙 돌아간 실금은 무척 가느다래서 설령 화장으로 숨기지 않았어도 쉽게 눈에 띄지 않을 것 같았다.

"목을 베고 혈선충을 집어넣으면 죽지 않고 영원히 살아."

"사람은 언젠가는 모두 죽게 마련이오."

"망자는 아냐. 뭐, 혼백을 잃고 떠도는 놈들이 더 많지만."

그 말에 무명은 정신이 번쩍 들었다. 그는 의도가 드러나지 않게 슬쩍 물었다.

"혈귀 말이군. 목을 베고 혈선충을 넣으면 혈귀처럼 되지 않는다는 보장이 있소?"

"그건 확실해."

남궁유가 의심 없이 대답했다.

"근데 이 방법을 쓰지 않고 감염시키면 망자가 됐다, 혈귀가 됐다, 제 멋대로야."

"사람에 따라서 다르다는 소리군."

"응. 힘들게 혈선충을 감염시켰는데 혼백 없는 혈귀가 되어 버리면 골치 아프다고."

제법 중요한 정보를 알아냈다.

그러나 당장 목이 떨어질 위기가 문제였다.

그때 무명의 시야에 무언가가 들어왔다. 무명은 양 무릎을 꿇고 손을 바닥에 짚은 채 목을 길게 빼며 말했다.

"부탁하지. 아프지 않게 해주시오."

"아하하, 사내가 겁도 많긴. 참, 사내가 아니라 환관인가?"

남궁유가 무명의 목에 연검을 대보며 벨 자리를 확인했다.

"목에 힘 빼고 편안히 있어. 하나도 안 아프게 해줄게!"

그런데 그녀가 연검을 높이 치켜들 때였다.

타악, 툭, 툭.

지하실의 어둠 속에서 정체불명의 소리가 들렸다.

"뭐야? 화산파가 들어왔나?"

그때였다.

무명이 무릎을 펴며 남궁유의 가슴팍을 향해 몸을 날렸다.

실은 무릎을 꿇었던 것은 바닥에 떨어져 있는 나뭇조각을 집기 위해서였다. 무명은 목을 빼는 척 엎드린 뒤 나뭇조각을 주워서 어둠 속을 향해 던졌던 것이다.

남궁유가 한눈을 판 한순간. 기사회생의 마지막 기회.

쉬익! 무명이 비수를 꺼내 남궁유의 가슴을 베어 갔다.

목을 베고 혈선충을 넣어주겠다는 남궁유.

뜻밖에도 무명은 순순히 무릎을 꿇고 바닥에 엎드려서 목을 길게 뺐다. 그러나 겁먹은 척 연기했던 것은 그녀를 안심시켜서 빈틈을 노리기 위한 속임수였다.

무명은 엎드린 채 바닥에 떨어져 있는 나뭇조각을 슬쩍 집어 든 다음 손목을 튕겨서 어둠 속 멀리 던졌다.

내공이 실린 나뭇조각은 느릿느릿 소리 없이 날아갔다. 그리고 바닥에 떨어져서 남궁유의 시선을 끌었던 것이다.

'지금이다.'

남궁유가 소리가 난 쪽으로 고개를 돌릴 때 무명이 바닥을 박차며 몸을 날렸다.

타앗!

이어서 품에 손을 넣어 비수를 꺼내 드는 것과 동시에 남궁유의 가슴을 베었다.

쉬익!

검 자루를 역으로 쥐고 뽑으면서 팔을 드는 동작 없이 그대로 그어버리는 일초. 바로 태평루에서 당랑귀녀가 정영에게 출수하던 그 일초였다.

무명은 지금 일초에 모든 내력을 실었다. 아직 흡성신공으로 흡수한 내공을 자유자재로 운용하지 못하는 단계였다. 하지만 지금은 주화입마를 걱정할 겨를이 없었다.

당장 눈앞의 망자를 쓰러뜨리는 게 급선무니까.

촤아악. 한 줄기 검광이 번뜩이며 남궁유의 가슴을 갈라 버렸다.

…고 느낀 것은 착각이었다.

뒤늦게 무명의 귀에 들린 것은 '촤아악'이 아니라 '채앵!' 하고 검과 검이 부딪히는 소리였던 것이다.

'어떻게 된 거지?'

무명은 남궁유가 어떤 수법을 썼는지 살피다가 그만 경악하고 말았다.

서슬 퍼런 비수의 검 끝을 둥글게 휘어진 연검의 끝이 막고 있는 것이 아닌가?

'……!'

남궁유는 여전히 고개를 돌린 채였다. 그러나 손을 등 뒤로 뻗은 다음 반원을 그리도록 연검을 휘어서 무명의 일검을 방어하고 있었다.

구명절초로 쓰려고 고른, 환도 네 자루 값을 하는 비수.

당랑귀녀의 수법을 무의식중에 따라 한 임기응변.

소행자와 우수전에게서 흡수한 내력.

무명이 내지른 회심의 일검은 그 세 가지를 모두 담고 있었으나 남궁유는 대단한 일초도 아니라는 듯이 가볍게 응수해버린 것이다.

그것도 낭창낭창 휘어지는 연검의 끝으로….

남궁유가 천천히 고개를 돌렸다. 기가 막히다는 듯이 피식 웃는 그녀의 미소가 요염하기만 했다.

"천하에서 가장 교활한 게 환관이라더니, 내가 속을 줄 알았니?"

"……."

"게다가 무공을 배우지 않은 척하던 것도 속임수였어? 심계 하나는 대단하네, 진짜!"

무명은 입을 다문 채 침음했다.

만약 심계가 먹혔더라면 화산쌍로를 몰아붙였던 것처럼 내력을 실은 검격으로 잠시 우위에 설 수 있었을 것이다. 이어서 도망칠 기회도 만들 수 있었으리라.

그러나 어설픈 심계는 헛수에 불과했다.

남궁유의 오만방자한 말이 계속됐다.

"아무리 심계가 뛰어나도 결국 잔꾀에 불과해. 강호는 힘이 지배하거든."

"…개가 웃을 소리군."

"뭐야?"

"정체가 망자라는 것을 숨긴 채 기습으로 일검을 출수한 게 누구지? 그건 잔꾀가 아니고 고명한 손자병법이라도 되나?"

"듣고 보니 말은 되네. 그럼 강호를 지배하려면 힘과 심계를 겸비해야 된다고 하자고."

"그것도 헛소리요."

무명이 배를 찔린 고통을 참으며 말했다.

"힘과 심계가 뛰어나도 패자는 말이 없는 법. 결국 승자가 지배하는 게 강호요."

남궁유가 어이없다는 듯 인상을 비틀며 웃었다.

"무슨 소리야? 힘이 있어야 이기지!"

"아니. 힘이 부족하다고 해서 꼭 진다는 법은 없소."

"그 말은 설마 네가 지금 날 이길지도 모른다는 뜻이야?"

"바로 맞혔소."

"하하, 참 나, 기가 막혀서… 어디 한번 해보시지!"

남궁유가 표독스럽게 외치며 몸을 날렸다.

실은 무명은 그녀를 일부러 분노하게 만들어서 허점을 노리려고 한 것이었다. 그러나 어두컴컴한 가운데 연검이 검광을 그리는 순간, 세 치 혀를 놀린 것을 후회하고 말았다.

피이잉!

연검이 공중에서 십여 개가 넘는 검광을 흩뿌리며 날아드는 것이 아닌가?

바로 광포하기로 유명한 아미파의 난피풍검이었다.

무명은 황급히 비수를 들어 대응했다. 하지만 검망의 틈새를 뚫고 역공을 가하기는커녕 연검이 그리는 검격을 막고 튕겨내는 데 급급했다.

난피풍검(亂披風劍). 바람을 어지럽게 갈라 버린다는 뜻.

채채채챙!

순식간에 몇 번의 검격을 막아냈다. 그나마 내력을 흡수한 몸이라 전광석화처럼 날아오는 검격을 똑똑히 보고 응수할 수 있는 게 다행이었다.

난피풍검은 여인이 많은 아미파의 무공답지 않게 광포하고 패도적인 것으로 유명했다. 그런데 지금 남궁유는 부드럽기 그지없는 연검으로 난피풍검을 출수하고 있으니, 병장기와 무공의 상성이 정반대되는 셈이었다.

하지만 남궁유의 내공 수위는 불가능을 가능케 했다.

피잉, 피잉, 피잉!

잔뜩 똬리를 틀고 있다가 머리를 뻗는 뱀처럼 연검이 낭창낭창 휘어지며 날아왔다. 그러다가 무명의 비수가 틈을 보일라치면 순간 일자로 곧게 뻗으며 요혈을 노리는 것이었다.

무명은 예전의 그가 아니었지만 검격을 튕겨내는 것만으로

도 정신이 없었다.

채채챙!

그래도 일검에 당하지 않는다는 것은 큰 진전이었다.

그때 검격이 계속해서 막히자 남궁유가 양 눈썹을 찡그리며 짜증을 냈다.

"아, 진짜 답답하네!"

그녀가 몸을 회전하며 팔을 뒤로 크게 뻗었다. 무명이 도저히 막기 힘든 일검을 출수하려는 것 같았다.

이때다.

기다리고 있던 기회가 찾아왔다.

휙! 무명이 손목을 튕겨서 남궁유의 얼굴로 비수를 던졌다.

벼락같이 날아드는 비수. 하지만 남궁유는 냉소를 지으며 한쪽 발을 일자로 치켜들었다. 그리고 수직으로 발차기를 날려서 비수 자루를 가볍게 차버렸다. 탁!

목표를 잃은 비수는 빙글빙글 돌면서 어둠 속으로 들어갔다.

"고작 그런 잔꾀로 나를 상대하려고? 받아랏!"

공중에 몸을 띄운 남궁유가 한 바퀴를 회전하며 무명에게 일검을 뻗었다. 검이 미처 오기도 전에 그녀의 내력이 불러일으킨 바람이 폭풍처럼 무명의 머리칼을 휘날렸다.

휘이이잉!

그러나 무명의 진짜 심계는 따로 있었다.

비수를 던지는 것과 동시에 그는 두 손으로 허리춤에 찬 환도를 틀어쥐었던 것이다. 비수 투척은 허초, 모든 내력을 실은 환도 일검이 실초였다.

그는 바닥에서부터 반원이 그려지도록 크게 환도를 휘두르며 남궁유의 정수리를 향해 내려쳤다.

좌아악!

먼저 화산쌍로도 물러서게 만들었던 일검.

낭창낭창 휘어지는 연검으로는 절대 막을 수 없으리라.

하지만 무명의 노림수는 착각이었다.

부드럽게 호를 그리던 연검이 검성(劍聲)을 울리더니 일직선으로 굳게 뻗으며 환도와 충돌하는 것이 아닌가?

쩌어어엉!

남궁유가 내공 진기를 십성으로 불어 넣은 일검.

이것이 진짜 아미파 난피풍검의 일초였다.

챙강! 연검이 환도 검날을 무자비하게 두 동강 냈다.

전신 관우가 팔십이 근의 청룡언월도를 수직으로 내려치면 적의 병장기와 투구를 단숨에 두 쪽으로 갈라 버렸다고 한다. 지금 남궁유의 일검이 그랬다.

무명이 꾀했던 회심의 일초는 채 펼쳐 보이지도 못한 채 파훼된 것이었다.

"……!"

일검이 실패했지만 그는 포기하지 않고 두 자루 중 남은 움켜쥐었다.

그러나 헛수고였다.

피이이잉!

연검이 좌우로 검 끝을 출렁이며 날아오더니 무명이 허리춤에 묶은 환도의 끈을 끊어버리는 것이 아닌가?

탱강. 무명이 놓친 환도가 바닥에 떨어졌다.

그때 남궁유가 발끝을 뻗어 환도의 자루를 튕겼다. 퉁! 발끝으로 살짝 튕겼는데 환도가 휘리릭 돌면서 반 장 높이로 떠올랐다.

이어서 그녀가 검 자루에 정통으로 돌려차기를 먹였다. 탁!

환도는 정영이 척사검을 찌르는 것처럼 쏜살같이 무명에게 날아왔다. 무명이 깜짝 놀라서 몸을 돌리자 환도는 옷자락을 스치며 뒤로 날아갔다. 그리고 검날은 삼분지 일이 넘게 벽에 그대로 박혀 버렸다.

휘리리릭… 꽉!

건물 지상이 나무로 만들어진 것과 달리 지하실의 벽은 돌로 되어 있었다.

발로 차서 돌벽에 박힌 환도. 무명은 침을 꿀꺽 삼켰다. 남궁유의 검법은 변화무쌍하면서도 패도가 흘러넘쳐서 결코 그가 대적할 수 있는 수위가 아니었던 것이다.

남궁유의 공세는 그것으로 끝나지 않았다.

"감히 나를 놀렸겠다?"

피이이잉!

비수도 두 자루의 환도도 없이 속수무책인 무명에게 연검이 날아들었다.

그런데 연검이 급소를 찌르지 않고 기이하게 꿈틀거리더니 검면(劍面)으로 무명의 뺨을 때리는 것이 아닌가?

찰싹!

무명의 뺨에 시뻘겋고 굵은 줄이 생겼으나 베인 흔적은 전혀 없어서 피가 한 방울도 흐르지 않았다. 그냥 찌르고 베는 것보다 더욱 놀라운 솜씨.

계속해서 남궁유는 연검의 검면으로 무명의 전신을 네 차례 후려쳤다.

차차차착!

검면이 무명의 신체 좌우의 혈도를 강타했다.

"크흡……."

무명은 견딜 수 없는 고통에 신음을 토했다. 검면으로 쳤기 때문에 점혈당한 것은 아니었으나 전신이 마비될 것처럼 얼얼했던 것이다.

남궁유는 그제야 검을 회수하며 말하는 것이었다.

"고맙게 여겨. 망자로 만들어서 수하로 삼을 생각이 아니었으면 네 몸은 벌써 십여 군데 넘게 구멍이 났을 테니까."

"…대단히 고맙군."

무명이 쓸쓸하게 말했다.

결국 삼호당에서 구입한 검병은 남궁유를 제압하는 데 아무 도움도 되지 못했다.

아니, 병장기를 탓하는 것은 비겁한 처사이리라. 무위가 뛰어났다면 맨손인들 그녀를 이기지 못했을까.

강호는 힘 있는 자가 말한다.

더 이상 반격할 기력도, 마음도 사라진 무명은 불편한 몸을 이끌고 뒷걸음질 쳤다.

남궁유가 천천히 무명을 따라왔다. 도망갈 곳 없는 쥐를 쫓는 고양이.

그때 무명이 입을 열었다.

"정보 교환은 아직 안 끝났소. 이번에는 내 차례요."

남궁유가 한숨을 쉬며 알았다는 듯이 고개를 끄덕였다.

"너도 참 끈질기네. 궁금한 게 뭔데?"

"정혜귀비의 처소가 불타던 날, 지하를 통해 건물 밑으로 들어온 자가 태자였소?"

"당연하지!"

갑자기 그녀의 목소리가 앙칼지게 변했다.

"내가 그렇게 말렸는데 멋대로 귀비 처소에 들어갔다고!"

"이유가 무엇이오?"

"청일이 망자비서를 독차지하려고 했거든. 나는 좀 더 기다렸다가 손을 쓰자고 했는데 태자가 그냥 망자로 만들어 버렸지 뭐야? 얼마나 짜증 났는데."

어차피 무명을 망자로 만들 생각이어서인지 아니면 원래 성정이 급해서인지, 남궁유는 숨기지 않고 있는 사실을 모두 말했다.

"청일이 죽자 무당파는 기다렸다는 듯이 사형인 청성을 금위군 총대장으로 내세웠지. 한데 그놈은 더욱 만만하지 않은 거야. 시간이 없어. 빨리 주작호에 있는 금위군 잔당을 끌어모아야 돼."

역시 짐작이 옳았군.

무명은 생각했다.

태자는 주작호를 돌며 망자가 된 금위군을 수하로 만들고 있었다. 황태후 행차 때 망자 떼를 보낸 자도 태자이리라. 금위군이 하나씩 망자로 바뀔수록 청성의 힘이 약해지고 자신의 세는 불어날 테니까.

중요한 정보는 그것뿐이 아니었다.

망자 궁녀들을 거느리고 지하 도시를 배회하던 청일.

그는 태자와 남궁유의 명령을 따르지 않고 개별 행동을 했다. 즉, 망자나 혈귀로 만들었다고 해서 반드시 수하가 된다는 법은 없다는 뜻이었다.

무명이 슬쩍 그 점을 지적하며 되물었다.

"만약 나도 망자가 되어서 당신 말을 듣지 않는다면?"

"그럴 리는 없어. 너는 목을 베고 내 혈선충을 넣을 거니까."

남궁유가 광소를 터뜨렸다.

"청성을 제거하고 금위군을 장악하면 황궁은 우리 것이나 마찬가지라고, 아하하하하!"

"……"

무명은 등줄기에 소름이 돋았다.

황제의 진짜 힘. 중원의 강호인들조차 두려워하는 관의 무력.

바로 금위군이었다.

그런데 금위군을 망자로 만들어서 수하로 부리는 자가 등장한다? 중원에 이보다 더한 위기는 과거에도, 앞으로도 없으리라.

그때 무명은 뒷걸음질 치다가 미끌거리는 바닥을 밟고 뒤로 넘어질 뻔했다.

설마 배에서 흐른 피가 발아래로 흘러내릴 정도인가?

다행히 발밑을 살피자 자신의 피가 아니라 가축을 도살하느라 생긴 피 웅덩이였다. 배의 상처는 깊었으나 내장이 다치지는 않았는지 출혈은 적었다.

그러나 위기는 계속됐다.

어둠 속에서 남궁유가 말했다.

"도망쳐도 소용없어. 그 피 냄새를 어떻게 숨길 건데?"

순간 무명의 뇌리에 무언가가 스쳐 지나갔다.

피와 어둠.

망자가 가장 좋아하는 두 가지. 하지만 그것을 역으로 이용한다면……

남궁유를 처치할 계책이 떠올랐다.

남궁유가 어둠 속을 천천히 걸어왔다.

"어딜 도망쳐? 아미산에서도 피 냄새를 맡을 수 있겠다!"

여유 만만한 말투.

그녀의 자신감은 허세가 아니었다.

피 냄새. 절대 망자에게 숨길 수 없는 것.

황태후 행차 때 금위군 백운의 잘린 손목 하나를 거마차에 걸었을 뿐인데 별장을 둘러싸고 있던 망자 떼가 모두 쫓아오지 않았는가?

그녀는 호롱불이 있었지만 필요 없다는 듯이 아래로 내리고 냄새를 맡았다.

"킁킁! 거기 있구나?"

동시에 뱀 혓바닥 같은 혈선충을 날름거리며 입맛을 다셨다. 스릅.

무명은 칠흑 같은 어둠 속을 비틀거리며 뒷걸음질 쳤다.

도중에 몇 번씩 탁자에 몸을 부딪쳤다. 그럴 때마다 손을 더듬어서 쓸 만한 무기가 없는지 찾았다.

화산파가 식량 창고로 쓰는 지하실에는 가축우리, 벽곡단이 담긴 가마니, 술 단지 등이 있었다. 그렇다면 남궁유에게 대적할 무기도 분명 있으리라.

그러나 매번 손에 잡히는 것은 텅 빈 그릇이나 다 마시고 버린 술병뿐이었다.

간혹 흰 천을 둘둘 만 붕대나 금창약 병이 잡히기도 했다. 그러나 무기로 쓸 수 있는 날붙이는 좀처럼 나오지 않았다.

입에 침이 바싹 말랐다.

남궁유는 쥐를 궁지에 몰아넣은 고양이가 그러듯이 서두르지 않고 천천히 다가왔다.

"아함, 좀 지겹다. 이제 그만 포기하시지?"

"……"

"목을 깨끗이 베어야 하니까 반항하지 마. 너도 내가 실수해서 혼백 없이 주작호를 떠돌고 싶진 않을 거 아냐?"

그때였다.

턱. 등이 벽에 닿았다. 어느새 지하실의 구석으로 몰린 것이었다.

난감했다. 아직 함정을 팔 장소까지는 거리가 있었다.

마침 옆에 큼지막한 약장이 보였다.

더 이상 시간을 지체할 수는 없었다. 무명은 한 차례 심호흡을 한 다음 재빨리 약장의 뒤로 돌아갔다.

남궁유가 앙칼진 목소리로 외쳤다.

"너, 잡히면 진짜 죽는다!"

탓! 그녀가 바닥을 박차며 무명을 쫓아 몸을 날렸다.

지금이다. 약장 뒤로 돌아간 무명은 모든 내공 진기를 남김

없이 끌어모은 다음 양손을 뻗어 손바닥으로 약장을 쳤다.

텅.

언뜻 보기에 쌍장으로 약장을 밀친 듯한 동작.

그러나 지금 쌍장은 이강이 대평루 지붕을 무너뜨리던 격산타우의 원리를 응용한 것이었다. 겉을 타격하지 않고 속으로 내공 진기를 전해서 벽 너머의 적을 강타하는 수법.

거기에 소행자의 수법을 따라 해서 벽공장으로 쌍장을 친 것이었으니…….

약장은 꿈쩍도 하지 않았으나 우우우웅 하는 진동과 함께 곧 반대편에서 서랍장들이 좌르르 튕겨 나갔다.

터어엉!

강맹하게 튀어나온 서랍장들이 막 약장을 돌던 남궁유의 옆구리를 강타했다.

"아악!"

뜻밖의 충격을 받았는지 약장 너머에서 신음성이 터졌다.

"치잇! 벽공장까지 쓸 수 있었다니……."

성공이다. 무명은 주먹을 불끈 움켜쥐었다.

그러나 몸 상태가 심상치 않았다. 내공 진기를 억지로 운용하자 전신에 열기가 후끈 달아올랐던 것이다. 극양과 극음의 내력이 여전히 단전에서 문제를 일으키고 있는데 연검 상처까지 더해진 상황이니…….

하지만 여기서 멈출 수는 없었다.

무명은 입술을 질끈 깨물며 내력을 끌어 올렸다. 주화입마에 빠져서 죽든 목을 베이고 망자가 되든 매한가지가 아닌가?

그런데 두 번째 벽공장 출수를 준비할 때였다.

부웅!

남궁유가 몸을 날려 약장을 통째로 뛰어넘은 것이었다.

그녀는 벽공장에 당한 것을 되갚아주려는지 공중에서 호롱불을 약장 위에 올려놓으며 자유로워진 손으로 일장(一掌)을 날렸다.

"하아앗!"

아직 호흡을 가다듬지 않았지만 방법이 없었다. 무명도 황급히 일장을 뻗어 응수했다.

하지만 먼저처럼 준비가 완전하지 못했기 때문에 이번에는 채 삼성(三成)의 공력밖에 싣지 못했다. 반면 남궁유의 일장은 옷소매가 폭풍을 만난 듯이 펄럭이는 것이 모든 공력을 실은 게 분명했다.

십성과 삼성의 대결. 보나 마나 한 승부.

그런데 무명의 벽공장은 남궁유의 장법에 전혀 밀리지 않고 오히려 그녀를 일장 멀리 날려 버렸다.

퍼엉! 굉음이 터지면서 무명은 무릎을 꿇었고 남궁유는 뒤로 날아가 착지했다.

"크헉!"

"크윽!"

둘은 동시에 신음을 내질렀다.

하지만 무명의 피해가 더욱 심각한 것은 말할 필요도 없었다.

쿨럭! 그는 몸을 숙이며 울컥하고 피 한 모금을 토했다. 검붉은 선지피 같은 선혈. 극양과 극음의 내력을 다스리지 못한 가운데 억지로 운용하느라 내상을 입은 것이었다.

반면 남궁유는 심기가 크게 흔들렸다.

"내 일장을 막아냈어? 대체 어떻게?"

남궁유의 목소리에서 여유가 싹 사라졌다.

그녀가 출수한 일장은 아미파의 비전 무공 중 하나인 복호금강장(伏虎金剛掌)이었다.

복호금강장은 변화무쌍하거나 표홀한 아미파 무공과는 달리 평범하게 내뻗는 일장이 초식의 전부였다. 하지만 일장에 산을 뒤엎는 내공이 실려 있어서 소림이나 무당의 장법이 아니라면 정면으로 맞설 방법이 없었다.

그런데 그 복호금강장을 무명이 일장으로 받아낸 것이다.

남궁유가 어떤 사실을 깨달았는지 믿을 수 없다는 목소리로 중얼거렸다.

"설마 아까 그건 흡성신공?"

그랬다. 그녀는 둘의 일장이 충돌하는 찰나 내공 진기가 빨려 나가는 것을 느끼고 급히 손을 회수했던 것이다. 삼성 공력의 벽공장이 십성 공력의 복호금강장을 막아낼 수 있던 까닭은 바로 흡성신공 때문이었다.

무명의 벽공장 격산타우 수법에 당해서 연검을 쓰지 않고 장법을 날렸던 남궁유.

그녀도 이제 마음을 다시 먹었다.

"벽공장에다 흡성신공까지 숨기고 있었다고?"

부잣집 따님같이 들뜬 말투가 싹 사라지고 냉랭하게 바뀐 목소리.

무명에게는 오히려 최악의 상황이었다.

"정말 그냥 두면 안 되겠군. 너를 반드시 망자로 만들어주지. 만약 그게 수월치 않다면……."

휙! 남궁유가 재차 공중에 몸을 날리며 소리쳤다.

"목숨을 끊어주겠다!"

구명절초(求命絶招). 목숨을 구하는 비장의 한 수라는 뜻.

그러나 두 번의 벽공장 역습은 실패로 돌아갔다. 배를 찔린 상처에다 내공 진기가 뒤엉키는 바람에 벽공장은커녕 몸을 지탱하는 것도 버거웠다.

피이이잉!

연검이 낭창낭창 휘어지며 요혈을 노리고 날아들었다.

무명은 뒤로 몸을 날려서 검격을 피했다. 하지만 발에 힘이 들어가지 않는 탓에 몇 걸음 못 가서 무릎을 꿇고 말았다.

그때 뒷걸음질 치던 무명은 다시 탁자에 부딪쳤다. 무명은 무작정 손을 휘저어서 잡히는 대로 마구 집어 던졌다. 술병,

그릇, 도마 등등.

하지만 남궁유는 연검을 요리조리 휘어서 가볍게 물건을 쳐냈다.

"이제 혈귀가 되든 말든 상관 안 해!"

무명은 있는 힘을 다해 탁자를 뒤집어엎어서 파상공세에서 간신히 벗어났다.

우당탕탕!

그때 바닥에 떨어진 도마에 식칼이 꽂혀 있는 게 보였다. 무명은 바닥을 뒹굴면서 식칼을 뽑아 들었다.

식칼로 남궁유를 제압할 수 있을까?

불가능하다. 그러나 해봐야 한다. 명필은 붓을 가리지 않으니까.

하지만 식칼로 맞서겠다는 생각이 오히려 화를 불렀다.

"네가 감히 나를 우롱해?"

남궁유의 앳된 얼굴이 마귀처럼 흉포해졌다.

피잉, 피잉, 피잉!

그런데 독 오른 뱀처럼 곡선을 그리며 날아들던 연검이 갑자기 공중에서 직각으로 꺾이는 것이 아닌가?

연검이 먼저처럼 검면으로 무명의 뺨을 세 번 후려쳤다.

짝짝짝!

사람 몸으로는 절대 불가능한 각도로 팔을 꺾어서 연검을 출수한 남궁유. 바로 아미파의 절수구식(截手九式)이란 무공을 응용한 수법.

"마지막이다!"

남궁유가 연검으로 난피풍검의 일초를 출수했다.

쩌어어엉!

귀청을 찌르는 검의 귀곡성.

남궁유의 십성의 공력이 실린 난피풍검은 무명의 환도를 두 동강 냈었다. 어떤 명검을 들고 있다고 해도 지금 남궁유의 일초를 막아낼 수 있다고 자신할 자는 강호에 아무도 없으리라.

하물며 무명이 쥔 것은 길이가 짧고 둔탁한 식칼이었으니……

사나운 일검이 목을 베었다.

써억!

그런데 목을 벤 자는 남궁유가 아니었다. 아직 연검은 무명의 목 근처에 도달하지 못했다.

그렇다고 남궁유의 목이 베였을 리도 없었다.

실은 그녀가 난피풍검의 일초를 출수하는 찰나, 무명은 어둠을 틈타 몰래 무언가를 손으로 잡아챘었다.

그리고 식칼로 그것의 목을 벤 것이었다.

패도적인 난피풍검이 들이닥치는 순간 무명이 남궁유의 얼굴을 향해 잘린 목을 뻗었다.

촤아아아악!

"뭐, 뭐야?"

갑자기 피가 쏟아지자 남궁유는 연검을 휘둘러서 핏방울을 튕겼다. 그러나 일직선으로 몸을 날리는 도중에 분수처럼 뿜어져 나오는 핏물 세례를 모두 쳐내는 것은 불가능했다.

남궁유의 얼굴은 순식간에 피범벅이 되었다.

"…이게 대체 무슨 피야?"

어리둥절한 눈빛으로 얼굴과 손에 낭자한 피를 쳐다보다가 고개를 드는 순간, 그녀는 입을 딱 벌리며 경악하고 말았다.

"네, 네놈 설마……."

"그렇소. 닭 피요."

무명의 손에는 닭 한 마리가 목이 잘린 채 울컥울컥 핏물을 뿜어내고 있었다.

"…아아아악! 안 돼애애!"

남궁유가 이성을 잃고 발광했다.

개봉에서 망자가 된 개방 거지들한테서 도망쳤을 때, 이강이 진지한 말투로 망자의 치명적인 약점을 하나 말했었다.

'망자는 닭 피를 마시면 몸속의 혈선충이 말라서 죽는다.'

하지만 관제묘에서 재회했을 때 당호는 열두 동이의 닭 피를 모으는 데 든 돈과 시간이 헛수고가 됐다며 분통을 터뜨렸다.

왜? 이강의 말은 창천칠조를 놀리려고 한 거짓말이었으니까.

그때 남궁유는 자리에 없어서 진상을 듣지 못했다. 남궁유와 정영은 소림승과 함께 개방 일을 마무리하기 위해 개봉에 남아 있었기 때문이다.

즉, 남궁유는 닭 피가 망자에게 치명적인 독이라고 계속해서 잘못 알고 있을 수밖에 없었던 것이다!

지하실 구석에는 화산파가 만든 가축우리가 있었다.

무명이 끈질기게 뒷걸음질 친 까닭은 우리로 다가가 닭을 꺼내기 위해서였다.

짙은 어둠이 무명이 놓은 덫을 가려주었다. 애초에 남궁유는 어둠을 신경 쓰지 않았다. 피 냄새 때문에 무명이 절대 도망칠 수 없다고 생각했으니까…….

피와 어둠.

망자가 가장 좋아하는 두 가지를 역이용한 심계.

"아아아아악!"

남궁유가 손으로 얼굴을 마구 문질렀다. 치명적인 독물을 뒤집어썼다고 생각한 탓이었다.

하지만 핏물은 쉽게 지워지지 않고 오히려 손을 놀리면 놀릴수록 더욱 넓게 퍼졌다.

피가 그냥 살갗에 묻었다면 얘기가 다르리라. 그러나 정통으로 핏물 세례를 뒤집어쓰는 바람에 눈 점막에 피가 들

어간 것은 물론 심지어 몇 방울은 삼켜 버리고 말았던 것
이다.

"아아아악! 내 눈! 내 목!"

그녀는 애병인 연검까지 팽개치고 두 손으로 핏물을 걷어내
며 외쳤다.

"네놈! 이 개자식! 반드시 죽여주마! 네놈의 목을 베고 배를
갈라서… 내가 반드시……."

"……"

무명은 남궁유가 발광하는 모습을 싸늘한 눈빛으로 지켜봤다.

명문정파의 제자이며 유명세가의 핏줄을 받은 몸.

그러나 이성을 잃고 분노하자 입에서 나오는 말은 천박한
강호의 흑도 무리와 하나도 다를 게 없었다. 허울을 벗자 본
색을 드러낸 것이다.

그때였다.

남궁유가 시뻘겋게 핏물이 밴 두 손을 멍하니 내려다보며
중얼거렸다.

"왜… 왜 독이 타들어가지 않는 거지? 닭 피가 당장 죽는
극독이 아닌가? 아니면 중독되고 시간이 걸려야 독이 발동하
나? 그럼 해독할 방법이 있을지도……."

갑자기 그녀가 고개를 번쩍 들어 무명을 봤다.

그녀의 눈빛에 담긴 뜻은 분명했다.

망자에게 치명적이라는 닭 피를 뒤집어썼는데 아직까지 멀

쩡하다고? 혹시 해독할 방법이 있는 것은 아닐까?

"너… 해독약이 있는 거지? 날 해독해 주면 절대 잊지 않고 큰 상을…….."

남궁유가 양손을 모으며 애처롭게 자비를 구했다.

무명이 천천히 고개를 끄덕였다.

"알았소."

"정말? 날 해독해 주는 거야?"

그녀의 두 눈이 기대감으로 가득 찼다.

무명은 자비를 베풀기로 했다.

"그만 고통을 없애주지."

"……!"

실은 무명이 이곳까지 뒷걸음질 친 이유가 하나 더 있었다.

남궁유가 발로 차서 돌벽에 박아버린 환도가 바로 그의 등 뒤에 있었던 것이다.

무명은 두 손으로 환도 자루를 잡은 다음 내상이 깊어지든 말든 내력을 끌어 올려서 돌벽에 깊숙이 박혀 있는 환도를 빼 냈다.

그리고 남궁유의 목을 단칼에 베어버렸다.

촤아악!

2장.

사상누각(沙上樓閣)

기대에 가득찬 눈빛으로 해독약을 구하는 남궁유.

무명은 자비를 베풀기로 했다.

촤아악!

그가 돌벽에 박힌 환도를 빼면서 그 기세를 이용해 남궁유의 목을 베었다.

환도가 베고 지나갔지만 그녀의 목은 당장 떨어지지 않고 멀쩡히 몸에 붙어 있었다.

그러나 곧 눈처럼 새하얀 목에 빨간 금이 가로로 생겼다.

주우우우욱.

"뭐……."

무슨 일이 벌어졌는지 깨닫지 못하는 눈빛.

"고통을 없애주겠다고 했지 않소?"

무명이 싸늘한 목소리로 대답했다.

"영겁의 고통에서 벗어나게 해주는 것이 망자에게 베풀 유일한 자비요."

"……!"

남궁유가 경악하는 눈빛으로 입을 딱 벌렸다.

곧이어 그녀의 얼굴이 흉포하게 일그러졌다. 얼굴근육이 뒤틀리자 몸에 간신히 붙어 있던 목이 시뻘건 단면을 드러내며 아래로 미끄러지기 시작했다.

"개자식……."

기우뚱. 잘린 목이 균형을 잃고 몸에서 떨어졌다.

순간 남궁유의 목이 짐승처럼 턱이 빠져라 활짝 입을 벌렸다.

쩌어억!

동시에 목구멍에서 수십 줄기가 넘는 혈선충을 토해냈다. 구웨에엑!

뱀처럼 꿈틀거리는 혈선충 다발이 목구멍 말고도 두 눈과 코와 귀의 구멍에서도 뿜어져 나오더니 반 장 가까이 길게 뻗어서 무명의 얼굴과 목을 칭칭 휘감았다.

쌔애액! 휘리리릭!

무명은 깜짝 놀라 손을 들어 막으려 했으나 이미 때는 늦어 있었다.

"……!"

목을 베었지만 아직 망자의 숨통은 끊어지지 않았던 것이
다.

무명이 그 사실을 모를 리 없었다. 하지만 잘린 목이 혈선
충을 내뿜으며 통째로 날아오리라고 강호의 어떤 이가 상상할
수 있었을까!

무명은 황급히 환도를 치켜들어서 혈선충을 자르려고 했
다.

그때 귓구멍에서 나온 혈선충 다발이 무명의 손목을 채찍
처럼 후려쳐서 환도를 허공에 날려 버렸다. 촤락!

"꾸웨에… 네놈 입 속에 혈선충을 쑤셔 넣어주마……."

남궁유의 목이 혈선충으로 무명의 목을 휘감으며 바싹 붙
었다.

무명은 두 손을 들어 막았지만 굵은 동아줄에 목이 매인
격이라 망자의 목을 떨쳐 버릴 수 없었다. 게다가 혈선충 다
발은 쇠심줄만큼 질겨서 손으로는 끊을 수도 없었다.

촤라라라!

수십 줄기의 혈선충이 무명의 얼굴을 더듬고 찌르기 시작
했다.

"읍읍……."

"왜 그래? 입 벌려라, 환관 놈아… 구우어억……."

무명은 입을 꽉 다물고 혈선충 다발의 공격을 참았다.

하지만 사람의 얼굴에는 구멍이 여럿 있다. 눈, 코, 귀 등등. 혈선충이 그 구멍 중 하나로 파고드는 것은 시간문제였다.

만약 한 마리의 혈선충이라도 구멍 속으로 들어간다면……

알을 까서 수를 늘린 뒤 뇌수를 파먹으리라.

두 자루의 환도는 수중에 없다. 비수 역시 투척해 버려서 없다.

혈선충 다발이 일제히 얼굴의 구멍으로 파고들었다.

쐐애애액!

문득 길고 뾰족한 물건이 수중에 있다는 생각이 뇌리를 스쳤다.

무명이 품에 손을 넣어 물건을 꺼냈다. 그리고 물건을 역으로 잡은 뒤 탁자에 못을 박는 것처럼 망자의 얼굴을 마구잡이로 찔렀다.

푹푹푹푹!

어른 손가락 두 개 길이의 뾰족한 물건은 다름 아닌 나무 비녀였다.

막 얼굴 구멍을 파고들던 혈선충 다발의 기세가 한풀 꺾였다. 무명이 기회를 놓치지 않고 비녀를 눈에 박아 넣었다.

콱!

"꾸웨에에엑!

망자의 목이 비명을 토하는 것과 동시에 얼굴과 목을 휘감고 있던 혈선충 다발이 힘을 잃고 스르르 풀렸다.

무명이 두 손을 뻗어 망자의 목을 쳐버렸다. 픽! 목은 어둠 속을 날아가 바닥에 떨어진 뒤 데굴데굴 구르다가 벽에 부딪친 뒤에야 멈췄다. 그리고 비명도, 망자 특유의 숨소리도 내지 않은 채 잠잠해졌다.

지하실은 쥐 새끼 소리 하나 없이 침묵에 빠졌다.

휴우우우…….

무명은 길게 한숨을 내쉬었다. 이제야 살았다는 기분이 들었던 것이다.

실로 구사일생이었다.

주작호에 놓아둔 덫에 제대로 걸려들었다. 상대는 창천칠조의 최고수이며 죽지 않는 망자의 몸까지 가졌다. 애초에 무공도, 내공심법도 완전하지 못한 무명의 적수가 아니었다.

만약 이강의 닭 피 얘기가 떠오르지 않았다면?

아니, 남궁유가 그의 말이 거짓인 줄 알고 있었다면?

"나는 이미 죽은 목숨이었겠군."

그게 아니면 목이 베여서 망자가 되었든지.

"쿨럭……."

속이 뒤집히며 기침이 나왔다. 다행히 더 이상 선혈을 토하지 않는 것으로 보아 내상이 악화된 건 아닌 듯했다.

무명은 약장으로 가서 남궁유가 올려둔 호롱불을 들었다.

그리고 망자의 목을 향해 걸어갔다.

두 발이 떨렸지만 간신히 걸음을 옮길 수 있었다.

망자로 만들어서 수하로 삼을 생각 때문에 그랬을까? 남궁유가 연검을 찌른 뒤 검날을 비틀지 않아서 출혈이 생각보다 많지 않았다. 연검이 유독 얇은 것도 검상을 견딜 수 있는 이유 중 하나였다.

망자의 목은 지하실 구석진 곳에 있었다.

시뻘겋게 닭 피를 뒤집어쓴 모습.

게다가 눈, 코, 귀, 입의 칠공(七孔)에서 삐져나온 혈선충 다발이 축 늘어져 있는 몰골은 보는 이의 등골을 오싹하게 만들었다.

그때였다.

꿈틀!

목이 일순 움찔거렸다. 무명은 흠칫 놀라서 침을 꿀꺽 삼켰다.

마침 근처 바닥에 두 동강 난 환도가 있었다. 검날 중간이 썩뚝 잘려 나가서 식칼처럼 보잘것없는 환도.

하지만 지금은 이 환도로 충분했다.

"이왕 베푼 자비, 끝까지 책임져 주지."

그런데 무명이 환도를 높이 치켜드는 찰나, 망자의 목에서 무언가가 반짝하고 빛났다.

"뭐지?"

호롱불을 들이대고 살피던 무명은 그만 깜짝 놀라고 말았다.

망자의 눈에 박았던 비녀가 나뭇결대로 쪼개져 있는데 그 속에서 무언가가 반짝거리고 있는 것이 아닌가?

어둠 속에서 불빛을 반사해서 반짝거리는 물체.

나무가 아니라 금속이었다.

호롱불을 바싹 들이대고 망자의 목을 살폈다. 틀림없었다. 눈에 박힌 비녀가 부서지면서 그 안에 숨겨져 있던 금속이 드러나 있었다.

무명이 금속의 끝을 잡고 조심해서 뽑았다.

쑤우욱.

금속은 어른 손바닥 정도의 길이에 요철(凹凸)이 심하게 굴곡진 철심이었다.

"이건 설마……."

목소리가 떨렸다. 나무 비녀 속에 기다란 철심이 숨겨져 있을 줄 누가 꿈엔들 상상했을 것인가?

백팔룡의 황가전장에서 찾은 물건 중에 유독 정체를 알 수 없었던 비녀.

비녀는 겉에 여섯 송이의 매화가 양각으로 새겨져 있어서 화산파와 관련이 있을까 의심되었다. 하지만 아무 관련 없는 속임수라는 게 지금 드러난 것이다.

문득 이강의 말이 떠올랐다.

'보통 이런 물건은 내공을 주입하면 부서진다. 한데 일성의 내공을 불어 넣어도 멀쩡하군.'

그때만 해도 비녀를 부러뜨릴 셈이냐며 이강을 질타했었다. 그런데 정말 비녀 속에 숨겨진 물건이 있을 줄이야……

이강의 일성 내공을 받고도 멀쩡했던 비녀. 하지만 소행자와 우수전의 내력을 흡수한 무명이 모든 내력을 끌어 올려 망자의 눈에 박자, 겉을 둘러싼 나무가 부서지면서 철심이 드러난 것이었다.

기다랗고 구불구불한 철심.

그 정체는 하나밖에 없으리라.

"백령은침!"

실로 엄청난 기연.

아니다. 무명은 즉시 고개를 저으며 생각을 바꿨다.

이건 기연이 아니라 무서울 정도로 철저한 계산 끝에 만들어진 계획임이 틀림없었다.

소행자와 우수전의 내력을 흡수하자 벌어지는 기괴한 일들이 그 증거였다.

상대의 무공 초식을 동작과 원리까지 기억하여 그대로 따라 하거나 과거 남궁유가 수상한 반응을 보인 장면이 눈앞에서 재현되는 등 내력을 흡수한 뒤로 신체에 이상한 변화가 일어나고 있지 않은가?

흡성신공으로 내력을 흡수할 것을 미리 예상하고 세운 계획.

무명은 입술을 질끈 깨물었다.

이매망량의 수장은 대체 누구인가?

그가 세뇌시킨 계획이란 무엇인가?

어쨌든 이매망량의 비밀에 한 걸음 다가간 것은 분명했다.

무명은 백령은침을 품속에 갈무리했다. 그리고 환도를 들어서 완전히 숨이 끊어지지 않은 망자의 목을 몇 번 넘게 내려쳤다.

다시는 되살아나지 못하도록.

그는 몸을 돌려 지하실을 나가려다가 문득 어떤 생각이 들어 발을 멈췄다.

이 몸으로는 망자 천지인 주작호를 빠져나갈 수 없다. 배의 상처에서 핏물이 살짝 배어 나오지만 망자의 코에는 피 냄새가 진동하는 것으로 느껴질 테니까.

그는 호롱불을 들고 구석에 있는 탁자로 갔다. 남궁유와 싸울 때 붕대랑 금창약병이 있었던 탁자로.

탁자에는 화산파가 부상당했을 때 쓰려고 준비했는지 여러 약품이 놓여 있었다.

일단 웃옷을 벗은 뒤 깨끗한 천으로 상처를 닦아 핏물의 흔적을 지웠다. 그런 다음 금창약을 발라 지혈한 뒤 붕대를 몸통에 빙 둘러 감았다. 다시 웃옷을 입자 그런 대로 움직일 만했다.

피 냄새를 지우고 지혈이 끝나자 무명은 호롱불을 바닥에 내려놓았다. 그리고 망자의 주검이 쓰러져 있는 지하실을 뒤로하고 계단을 올라갔다.

지상은 생지옥이 따로 없었다.

화산파 제자들이 우왕좌왕하며 뛰어다니는 가운데 어두운 밤하늘에서 강궁이 빗발처럼 쏟아지고 있었던 것이다.

쏴아아아! 후두두둑!

화산파 제자들은 검을 휘둘러서 화살을 튕겨내었고 쟁자수들은 나무 판을 머리 위에 뒤집어쓰고 도망쳤다. 그러나 계속되는 연사에 화살에 꿰뚫리는 자가 속출했다.

"아아아악!"

마치 중원의 모든 화살을 영왕의 신별장에 퍼부으려는 듯한 강궁 세례.

어느새 별장 앞마당에는 강궁에 꿰인 시신이 하나둘 쌓이기 시작했다.

그때였다. 갑자기 강궁 세례가 딱 멈췄다.

화산파 제자들은 영문을 몰라서 서로를 쳐다봤다. 적이 물러난 것일까?

하지만 폭풍 전의 고요였다. 귀청을 찌르는 괴성과 함께 수

많은 망자 금위군이 별장의 담벼락을 뛰어넘었던 것이다.

키에에에엑!

날이 넓은 환도를 꼬나쥐고 담장을 넘는 망자 금위군.

얼굴이 썩다 못해 눈알이 빠지거나 살점이 떨어져서 턱뼈가 드러난 망자들의 몰골이 보는 이의 모골을 송연하게 만들었다. 화산파 제자들은 검을 들어 상대하기는커녕 넋을 잃은 채 망자 금위군의 습격을 쳐다봤다.

승패는 불 보듯 뻔한 상황.

화산쌍로가 검을 휘두르며 명령했다.

"모두 후문으로 퇴각하라!"

"존명… 크헉!"

배분이 낮은 제자 하나가 멍청하게 포권지례를 올리며 명을 받들다가 금위군의 환도에 맞아 목숨이 끊어졌다.

안 그래도 공포에 질려 있던 화산파 일당은 황급히 몸을 돌려 후문으로 달아났다.

그나마 그들은 경신법을 익혔기 때문에 도망칠 수 있었지만 발이 느린 쟁자수들은 꼼짝없이 망자 금위군의 먹잇감이 되어야 했다.

"사람 살려… 아아아악!"

그때 무명은 본관 건물 이 층에서 창문 틈을 통해 정황을 지켜보고 있었다.

그가 싸늘하게 중얼거렸다.

"맹수들이 싸울 때는 피하는 게 상책이지."

물론 지금은 맹수와 사냥감이라고 해야 옳겠지만.

중원 구대문파의 하나이며 소림, 무당과 함께 삼대문파에 속하는 화산파가 이 정도 일로 멸문할 리는 없을 것이다.

하지만 오늘 이후 크게 세가 약화될 것은 자명했다.

또한 영왕의 힘 역시 크게 줄어들리라.

화산파의 인원 피해도 크지만 무엇보다 별장에 애써 옮긴 벽력당의 폭뢰를 몽땅 태자에게 넘기게 되지 않았는가?

곧 화산파 일당이 모두 도망쳤는지 앞마당이 조용해졌다. 남은 자는 시신, 아니면 망자 금위군뿐. 망자들은 혼백 없는 혈귀처럼 산 자의 시신을 뜯어 먹지 않고 엄정한 군기를 유지하고 있었다.

기강이 삼엄한 망자 군대.

서장 구륜사와의 전쟁을 승리한 뒤 강호인들은 최소 오십 년 동안 중원이 평화로우리라고 생각했다. 그러나 불과 십 년도 채 안 된 지금, 구륜사나 흑랑성과는 비교도 할 수 없는 재앙이 중원에 밀려오고 있는 것이다.

망자들이 앞마당에 오와 열을 맞춰서 정렬하자 무명은 숨을 멈추기 시작했다. 물론 아예 숨을 쉬지 않는 것이 아니라 내공을 운용해서 귀식대법처럼 가늘게 호흡했다.

그때였다.

망자 금위군들이 일제히 몸을 돌리더니 한쪽 무릎을 꿇고 고개를 조아렸다.

척!

마치 황제에게 절을 하듯이 일사불란한 동작.

이어서 대문이 활짝 열리더니 망자 금위군들이 뛰어 들어와 이열로 늘어섰다. 그리고 누군가가 금위군 사이를 성큼성큼 걸어서 별장 안으로 들어왔다.

그가 어두운 밤하늘을 향해 크게 광소를 터뜨렸다.

"크하하하! 화산파 놈들이 숨겨두었던 폭뢰가 오늘로 내 것이 되었구나! 이제 황상의 자리에 오를 날만 남았다!"

어두운 밤하늘을 향해 광소를 터뜨리는 망자.

망자 금위군을 이끌고 화산파를 쫓아내어 영왕의 신별장을 접수한 망자는 다름 아닌 태자였다.

"황위에 오르면 영왕 놈에게 큰 상을 내려야겠구나! 놈이 폭뢰를 넘겨서 내 세를 불려줬으니 말이다, 크하하하하!"

태자가 계속해서 웃어젖혔지만 사열해 있는 망자 금위군들은 부동자세를 유지했다.

그들이 태자와 함께 기뻐하고 있을까? 그 사실은 아무도 알 수 없으리라.

단지 별장에서 단 한 명은 태자의 기분을 이해하고 있었다.

이 층에서 몰래 엿보고 있는 무명이었다.

벽력당의 멸문 이후 화산파가 숨겨두었던 엄청난 양의 폭뢰.

숙적인 영왕이 신별장에 옮기던 폭뢰를 중간에서 가로챘으니, 태자가 득의에 차서 광소를 터뜨리는 심정이 십분 공감되었던 것이다.

문제는 태자가 망자라는 점이었다.

무림과 관은 서로의 일에 관여하지 않는다. 그가 망자가 아니었다면 황위 다툼은 관의 일이라고 치부해 버리고 눈을 감을 수도 있으리라.

'그러나 이번 일은 그냥 넘길 수 없다.'

주작호를 방황하는 망자 금위군을 수하로 모으고 있는 태자.

그가 황궁에 있는 다수의 금위군마저 감염시킨다면? 청성을 제거하고 금위군을 손아귀에 넣으면 다음 황위에 오르는 것은 시간문제에 불과하리라.

망자가 황제가 된다.

그것은 곧 중원의 멸망을 뜻했다.

'이 사실을 한시라도 빨리 제갈성에게 알려야 한다.'

무명을 사파의 세작으로 의심하고 소림사 참회동에 가두려했던 제갈성. 하지만 중원의 안위가 걸린 지금, 그와 화해하지 못하더라도 적어도 정보는 전해야 했다.

태자가 호탕하게 소리쳤다.

"모두 들어라! 별장에 남아 있는 놈들의 목을 베고 혈선충을 넣어줘라!"

"…존명!"

짐승이 울부짖는 듯한 목소리.

망자 금위군들이 일제히 포권지례를 올리며 태자의 명에 대답했다.

슬슬 움직일 때로군. 무명은 창문 틈으로 정황을 살피며 생각했다.

망자 금위군이 별장을 뒤지다가 지하실에 있는 남궁유의 사체를 발견하는 것은 시간문제였다. 심복이 죽은 것을 알면 태자는 대노해서 화산파를 추격하라고 명하리라.

바로 무명이 노리는 때였다.

태자가 화산파 일당을 추격하면 이 층에 숨어 있다가 재빨리 건물을 내려간다. 그리고 금위군이 향하는 반대편으로 도주한다는 게 무명의 계책이었다.

곧 망자들이 본관 건물을 샅샅이 뒤질 테니 숨을 참고 산자의 기척을 없애야 했다.

만약 예전의 그였다면 중간에 호흡이 곤란해서 들킬지도 몰랐다. 하지만 지금은 내력을 얻은 몸이니 망자들이 지척으로 다가오면 귀식대법처럼 얕게 숨 쉬는 게 가능했다.

무명은 크게 심호흡을 하며 숨을 골랐다.

그때였다.

갑자기 망자 금위군들이 어딘가를 향해 일제히 고개를 돌렸다.

스윽!

반사적으로 그들의 시선을 따라가던 무명은 깜짝 놀라고 말았다.

담장 위에 검은 그림자 하나가 서 있는 것이 아닌가?

그림자는 화산파 제자도, 망자 금위군도 아니었다. 수상한 것은 흑의와 흑건을 걸쳐서 전신을 시커먼 옷으로 도배한 것도 모자라 검은 복면까지 써서 이목구비를 가렸다는 점이었다.

흑의에 검은 복면까지? 설마…….

무명은 짐작이 가는 자들이 있었으나 설마 하는 심정으로 흑의인을 지켜봤다.

그때 태자도 흑의인의 존재를 알아차리고 외쳤다.

"네놈은 누구냐?"

태자의 반응을 볼 때 그림자는 그의 수하가 아니라 불청객임이 틀림없었다.

그것도 그냥 불청객이 아니었다.

스릉.

흑의인이 아무 대답 없이 검을 뽑았던 것이다.

마침 짙은 먹구름 뒤에 숨어 있던 달이 살짝 빠져나오며 주작호에 은은한 빛을 뿌렸다.

검이 달빛을 받아 반짝 빛났다. 그러나 검에 반사된 빛보다 보는 이의 마음을 더욱 서늘하게 만드는 것은 흑의인의 두 눈에 어린 기이한 안광이었다.

흑의인이 처음으로 입을 열었다.

"너는 망자냐?"

뜻밖에도 흑의인의 목소리는 울림이 전혀 없으며 가녀리고 높아서 사내의 목소리라고는 여겨지지 않았다.

예상 못 한 질문에 잠깐 멍하니 있던 태자가 되물었다.

"감히 내가 누구인지 알고 하대를……."

"너는 망자냐고 물었다."

흑의인이 말을 자르며 재차 묻자 태자는 어이가 없다는 듯 피식 웃음을 터뜨렸다.

"그래, 망자다. 하고 싶은 말이 뭐냐?"

그때 흑의인이 다음으로 꺼낸 말이 이 층에서 둘의 대화를 엿듣고 있던 무명을 깜짝 놀라게 했다.

"망자라면 시황에게 충성을 맹세하라."

"시황? 그게 뭔데?"

"만련영생교의 교주이시며 망자 천하를 다스리실 분이시다."

"뭐라고?"

태자가 기막히다는 얼굴로 흑의인을 쳐다봤다.

"보아하니 시황이란 망자에게 조종받는 놈인 것 같은데, 나는 만인지상의 자리에 오를 몸이다. 그러니 내게 충성을 맹세하면 오늘의 무례는 눈감아주지."

"아니. 너는 그 자리에 못 오른다."

"뭐, 뭐야?"

"만인지상에 오르실 분은 시황 단 한 분이시다."

태자는 잠시 할 말을 잃은 듯 멍하니 있더니 곧 광소를 터뜨렸다.

"하하… 으하하하하!"

한참을 웃어젖히던 태자가 갑자기 흉포한 표정을 지으며 검지로 흑의인을 가리켰다.

"더는 못 들어주겠구나! 모두 저놈을 쏴라!"

척!

태자의 명이 떨어지기 무섭게 망자 금위군들이 강궁을 시위에 메기고 흑의인을 겨냥했다.

쐐애애액!

족히 수십 발이 넘는 강궁이 흑의인을 꿰어서 고슴도치 꼴로 만들기 위해 날아갔다.

순간 흑의인의 모습이 사라졌다.

"……?"

태자도, 망자 금위군들도 영문을 몰라서 좌우를 두리번거리며 흑의인을 찾았다.

흑의인의 행방을 시선에서 놓치지 않은 자는 무명이 유일했다. 강궁 세례가 날아들었을 때 흑의인은 이미 먹구름 틈으로 드러난 달을 가릴 만큼 하늘 높이 도약한 뒤였던 것이다.

휙.

흑의인이 공중에서 먹이를 노리는 매처럼 지상을 향해 떨어졌다.

금위군들이 두 번째 사격을 위해 화살을 시위에 메겼으나 흑의인은 이미 바닥에 착지한 뒤였다.

탁. 땅에 흙먼지 한 점 일지 않을 만큼 가벼운 몸놀림.

화살 병기는 중원의 어떤 병장기보다 위력이 고강하나 한 가지 약점이 있다. 바로 아군이 근처에 있을 때 함부로 쏠 수 없다는 것이다.

즉, 금위군의 포위망 한가운데로 착지한 흑의인은 오히려 맹점을 찔러서 강궁 세례를 피할 수 있었다.

그러나 금위군의 병기는 강궁 하나가 아니었다.

"놈을 죽여라!"

태자가 소리치자 금위군들이 환도를 뽑아 들며 흑의인에게 달려들었다.

지금 금위군의 공격은 먼저 무명과 창천칠조가 거마차를 타고 도주할 때와는 전혀 달랐다. 그때 금위군은 혈귀처럼 날뛰었기 때문에 무명 일행은 마구잡이 막싸움을 해야 했다.

하지만 지금 금위군은 일사불란하게 진영을 갖춘 채였다.

부우웅!

황소의 목도 단칼에 벨 수 있도록 제작된 무겁고 날 넓은 환도들이 흑의인을 내려쳤다.

전후좌우는 물론 상하에서 날아드는 환도들.

새 한 마리 빠져나갈 틈 없는 천라지망. 흑의인의 목이 떨어지는 것은 시간문제로 보였다.

그런데 흑의인은 검망을 탈출하기는커녕 산책을 하듯 태연한 걸음걸이로 한 발짝 앞으로 나아가는 것이 아닌가?

부웅! 환도 하나가 흑의인의 어깻죽지를 베었다.

…고 느낀 것은 잔상이었다. 금위군이 환도를 내려치는 찰나, 흑의인은 발을 비스듬히 뻗어서 보폭을 넓힌 것만으로 검격을 어깨에서 살짝 스쳐 지나가도록 만들었던 것이다.

계속해서 금위군들이 환도를 베고 휘둘렀다.

그러나 흑의인은 고개를 살짝 숙이거나 상체를 돌려서 동시에 쏟아지는 십여 개의 검광을 몽땅 회피해 버렸다.

이 층에서 싸움을 지켜보던 무명은 흑의인의 수법이 무엇인지 깨달았다.

'보법(步法)!'

흑의인의 걸음걸이는 일견 평범해 보였으나 어느 때는 앞으로 발을 뻗으면서 몸은 비스듬히 옆으로 향하는가 하면 어느 때는 뒤로 물러서는가 싶더니 두세 걸음 정면으로 뛰어드는 등 예측이 불가능했다.

때문에 금위군의 환도가 목표를 포착하고 떨어졌을 때, 흑의인은 이미 잔상을 남긴 채 그 자리에서 사라진 다음이었다.

특히 흑의인의 보법이 대단한 점은 물 흐르듯 끊어짐이 없다는 것이었다.

환도 일검을 피한 순간 흑의인의 걸음은 이미 다음 일검을 예측하고 있었다는 듯이 움직였다. 다음 일검을 피하고도 마찬가지. 그러니 금위군이 아무리 환도를 휘둘러도 흑의인의 옷깃 한 번 스칠 수 없었다.

평범함 속에 신묘(神妙)가 숨어 있는 보법.

'송연화의 곤륜파 운룡대팔식과 쌍벽을 이룰 만한 신법이다.'

무명이 감탄하고 있을 때, 흑의인은 이미 금위군 진영을 절반 넘게 돌파하는 중이었다.

무명은 먼저 시선을 움직여서 흑의인이 나타났던 담장과 지금 위치에 일직선을 그었다. 순간 침을 꿀꺽 삼키며 경악했다.

흑의인이 그리고 있는 직선 경로의 끝은…….

'태자!'

그랬다. 흑의인의 목표는 태자였다.

환도 공격이 연이어 허공을 가르자 금위군은 이제 방천극까지 휘두르기 시작했다.

촤아아악!

파공음만 들어도 소름 끼치는 묵직한 방천극의 파상공세.

하지만 도검을 아무리 휘둘러도 벨 수 없는 것이 있다.

바로 물(水)이다.

물은 아무리 도검을 내려쳐도 잠시 흩어졌다가 다시 합쳐

진다. 변화 무쌍하면서 예측 불허인 흑의인의 보법은 물과 같았다.

또한 물은 부드럽기만 하지 않다. 강풍이 물을 밀어내면 해일이 돼서 돌아오고, 억지로 물의 흐름을 막으면 소용돌이가 돼서 만물을 집어삼킨다.

환도와 방천극 수십 자루가 떨어지는 순간 흑의인이 왼발을 축으로 몸을 돌리며 오른발 끝으로 바닥에 원을 그렸다.

빙글.

이어서 흑의인이 굽힌 무릎을 펴며 양팔을 둥그렇게 활짝 펼쳤다.

그러자 환도와 방천극 수십 자루가 흑의인의 양팔이 일으킨 바람에 빨려 들어가 사방팔방으로 날아가 버리고 말았다.

파아아앙!

일견 느릿느릿하고 부드럽지만 모든 것을 집어삼키는 태풍 같은 일초식.

흑의인의 광풍 같은 일초식에 태자를 방어하고 있던 금위군 진영이 일순 뻥 뚫려 버렸다. 그가 태자를 향해 성큼성큼 걸어갔다.

세상 두려울 게 없이 자신만만하던 태자가 이제 목소리를 떨며 외쳤다.

"마, 막아라! 저놈을 죽여!"

부웅, 부웅!

금위군들이 환도와 방천극을 휘둘렀지만 흑의인은 이미 바람처럼 몸을 날린 뒤였다.

반짝. 사악.

한 줄기 검광이 빛나는 것과 동시에 작고 날카로운 소리가 허공을 갈랐다.

이어서 태자의 목이 바닥에 떨어졌다.

툭! 검광과 검성보다 목 떨어지는 소리가 더욱 클 정도이니, 흑의인이 검을 출수하는 장면을 똑똑히 본 망자 금위군은 아무도 없을 지경이었다.

태자의 잘린 목은 땅에 떨어진 뒤에도 입에서 피거품을 뿜으며 소리질렀다.

"…주, 죽여라! 이놈을 당장 죽여……."

순간 흑의인을 향해 환도와 방천극을 휘두르던 망자 금위군들의 움직임이 딱 멈췄다.

이상했다.

흑의인의 검이 혈선충의 심맥을 가르지는 않았는지 태자의 목은 여전히 살아 있었다. 그런데 망자 금위들이 줄이 끊어진 인형처럼 동작을 멈추고 더 이상 태자의 명령에 따르지 않는 것이었다.

"뭣들 하느냐? 이놈을 쳐죽이지 않고!"

태자가 고래고래 소리쳤지만 금위군들은 꿈쩍도 하지 않

았다.

그때였다.

활짝 열린 대문에서 검은 그림자 하나가 별장 안으로 휙 뛰어 들어왔다.

뜻밖에도 그림자는 칠흑처럼 시커먼 말이었다.

그런데 갑자기 망자 금위군들이 몸을 일직선으로 세우더니 차렷 자세를 취하는 게 아닌가?

처억!

이어서 흑마가 앞으로 걸어오자 금위군들은 양옆으로 비켜서 길을 만들며 일사불란하게 사열하는 것이었다.

다각다각다각. 흑마가 금위군들 사이를 지나서 잘린 태자의 목 앞에 와서 섰다.

이 층에서 새로운 불청객의 정체를 궁금해하던 무명은 다음 장면에 경악하고 말았다.

흑의인이 흑마에 탄 자에게 한쪽 무릎을 꿇으며 포권지례를 올렸다.

"만련천하 시황영생."

"수고했다, 광명하사여."

흑마를 타고 등장한 자는 소림사 참회동으로 호송되던 중 도망쳤던 문사이며, 그를 시황이라 부른 자는 만련영생교의 또 다른 장교급 인물인 게 분명한 광명하사였던 것이다.

게다가 무명을 경악케 한 광경은 둘의 대화만이 아니었다.

히히힝… 푸르르릅!

흑마가 목청을 높여 울부짖었는데 소리가 어딘가 이상했다. 마치 목에 구멍이 난 것처럼 바람이 빠지는 소리…….

다시 보자 흑마는 그냥 말이 아니었다.

흑마의 목은 털과 갈기가 빠지고 살점이 떨어져서 뼈가 통째로 드러나 있었다. 망자들의 황제는 타고 온 것까지 망자말이었던 것이다.

태자의 목을 벤 흑의인. 이후 흑마를 타고 등장한 괴인.

둘이 건넨 대화가 무명을 경악케 만들었다.

"만련천하 시황영생."

"수고했다, 광명하사여."

흑마를 탄 자는 잠행조가 지하 도시에서 호송해 왔던 문사이며, 그를 시황이라고 높여 부른 흑의인은 만련영생교의 장교가 분명한 광명하사였다.

게다가 시황이 타고 있는 말은 살아 있는 게 아니라 망자였으니…….

무명은 멍한 얼굴로 앞마당에서 벌어지는 일을 지켜봤다.

땅에 떨어져 있는 태자의 목은 갑자기 등장한 시황을 쳐다보느라 눈알을 잔뜩 위로 치켜떠야 했다.

"네, 네놈은 누구냐?"

"짐은 시황이다."

짐. 황제가 자신을 칭할 때 쓰는 말.

시황의 말은 즉, 자신이 망자들의 황제임을 숨기지 않고 밝힌 것이나 다름없었다.

"시황? 네놈이 설마 진시황제의 환생이라고 망언을 하는 것이냐?"

"아니다. 짐은 다음 천하의 황제가 될 것이다."

"다음 천하?"

"그래. 망자들의 천하지."

"하하, 망자들의 천하라고? 하하하……."

잠깐 얼이 빠진 웃음을 흘리던 태자가 곧 발광하며 소리쳤다.

"웃기는 소리! 죽여라! 이놈들을 몽땅 죽이라고!"

그러자 줄이 끊어진 인형처럼 꼼짝 않던 금위군들이 생명이 돌아온 것처럼 천천히 몸을 움직였다. 그리고 각자 화살한 발을 뽑아 시위에 메기기 시작했다.

"그렇지! 하나도 남김없이 죽여라! 모두 사격하라! 사겨어억!"

금위군을 보고 자신감이 붙은 태자가 목이 찢어져라 외쳤다.

그런데 다음 순간 태자는 동공이 얼어붙으며 입을 쩍 벌리고 말았다.

금위군이 화살을 시위에 다 메겼을 때 시황이 천천히 검지를 들더니 어딘가를 가리켰다. 그러자 금위군들이 시황의 명령에 따라 강궁을 겨냥하는 것이 아닌가?

처억!

금위군의 강궁이 겨냥한 곳은 바로 태자의 잘린 목이었다.

"……!"

태자가 경악해서 말을 잃고 있자 시황이 물었다.

"짐이 네게 묻겠다."

"…뭐, 뭐냐?"

"짐에게 충성을 바치면 영생은 물론 부귀영화를 하사하마."

"영생? 하하하! 이 몸은 이미 영생을 얻었다! 보면 모르냐? 목이 이렇게 됐는데도……."

"그럼 말아라."

시황이 태자의 말을 일방적으로 자르더니 목을 향해 손을 뻗었다.

스윽.

순간 태자의 목이 공중에 둥실 떠오르는가 싶더니 시황의 손바닥을 향해 쏜살처럼 빨려 들어가는 것이 아닌가?

태자의 목이 신음성을 내질렀다.

"이게 뭐야? 으아악……."

탁! 시황이 날아온 태자의 목을 한 손으로 움켜쥐었다.

마치 금속이 지남철을 향해 빨려 들어간 것 같은 모습. 무명은 놀란 나머지 무심코 말을 내뱉을 뻔하다가 간신히 삼켰다.

'저것은 허공섭물······!'

허공섭물(虛空攝物)은 내공 진기를 써서 멀리 떨어진 곳의 사물을 움직이는 수법이다.

내력을 허공에 쏟아내는 벽공장도 일갑자 이상의 내공 수위가 아니면 감히 펼치지 못한다. 하물며 내력으로 물건을 움직이는 허공섭물 수법을 쓴다면 두말할 필요가 없었다.

시황이 엄청난 내력을 지녔다는 뜻이었다.

그는 이미 정신이 오락가락하는 문사인 척하며 잠행조를 감쪽같이 속인 전적이 있었다. 하지만 무공까지 숨겼다고 여겨지지는 않았다.

그렇다면 얼마 안 되는 시간 동안 엄청난 내공은 어떻게 얻었다는 말인가?'

'혹시 나처럼 흡성신공을 쓴 것일까?'

그럴 가능성도 적지 않았다.

이매망량에게 세뇌된 무명은 흡성신공을 몸에 지니고 있다. 만약 이매망량이 과거 시황의 수하 조직이었다면 시황 역시 흡성신공을 쓸 수 있으리라.

시황이 머리칼을 쥐고 태자의 목을 아래로 늘어뜨리며 말했다.

"입에 재갈을 물려라."

"···존명."

그러자 옆에 있던 금위군 하나가 포권지례를 올리며 명을 받들었다.

태자가 기겁하며 소리쳤다.

"네, 네놈! 나는 태자다! 황상의 자리에 오르면 네놈들은 내 수족이나 마찬가진데 감히 누구의 명을 듣는 것이냐?"

그러자 금위군이 고개를 삐딱하니 기울여서 태자의 목을 봤다.

그의 두 눈은 퀭하니 허공에 시선을 고정하고 있으며, 목에는 가로로 한 줄기의 붉은 검흔이 나 있었다.

곧 금위군이 거칠게 갈라지는 목소리로 말했다.

"저분이 황상이다. 망자의 황제, 시황이시다."

"……!"

영왕의 신별장을 공격할 때만 해도 태자의 명에 몸을 내던지던 망자 금위군.

하지만 금위군은 어느새 시황에게 조종받는 노예가 되어버렸던 것이다.

망자의 황제, 시황.

그 칭호는 절대 허세가 아니었다.

금위군이 굵은 동아줄을 가져와 태자의 입에 물렸다.

"네놈… 읍읍……."

와드득. 금위군이 동아줄을 힘껏 잡아당겨서 태자의 목에 칭칭 감았다. 시끄럽게 소리치던 태자는 목소리를 내기는커녕 숨 쉬는 것도 힘겨워졌다.

시황이 말 뒤를 가리켰다.

"여기 묶어라."

금위군이 동아줄을 올려서 태자의 머리카락을 질끈 감은 뒤 말 안장의 뒤에 묶었다. 태자의 목은 살이 썩어 들어가는 망자 말의 옆구리에 열매처럼 매달린 꼴이 되었다.

시황이 박차를 차서 말을 돌렸다.

푸르릅! 말이 뒤를 향해 반 바퀴 돌자 옆구리에 매달려 있는 태자의 목이 대롱대롱 흔들리며 움직였다.

"거기서 천하가 내 것이 되는 것을 지켜봐라."

"읍읍……!"

태자가 경악하는 눈으로 주위를 둘러봤지만 금위군은 그에게 시선조차 보내지 않으며 무시했다.

노쇠한 황제가 붕어하면 만인지상의 자리에 오를 태자.

망자의 몸을 얻어서 세상을 지배하려던 그는 진짜 망자의 지배자를 만나자 본색이 드러나고 말았다. 망자 금위군이 더이상 명을 따르지 않자 그가 가진 힘은 강호의 삼류 무사만도 못했던 것이다.

그때였다.

시황이 주위를 한번 둘러보며 뜻 모를 명령을 내렸다.

"모두 일어나라."

누가 들어도 고개를 갸웃거릴 말.

일어나라고? 금위군들이 머리를 땅에 대고 부복한 것도 아닌데 누구더러 일어나라고 하는 것인가?

순간 앞마당에서 숨져 있는 화산파 제자와 쟁자수들이 하나둘 굳게 감았던 두 눈을 번쩍 뜨는 것이 아닌가?

키에에에엑!

시신들이 하나씩 고개를 치켜들며 입에서 망자의 괴성을 토하기 시작했다.

그야말로 모골이 송연한 장면.

강궁에 맞아 숨진 시신들이 다시 살아날 리는 없다. 즉, 지금 몸을 일으키는 자들은 망자 금위군과 싸우다가 혈선충에 감염되어 쓰러졌던 자들이리라. 그들이 시황의 말 한마디에 망자가 되어 되살아나고 있는 것이다.

더는 의심할 여지가 없었다.

시황. 그는 진정 망자들의 황제가 분명했다.

시황이 사열해 있는 망자 금위군에게 명령했다.

"창고에 있는 폭뢰를 수레에 실어라."

"…존명."

그는 화산파가 폭뢰를 별장에 옮기고 있다는 사실을 이미 알고 있었던 것이다.

망자 금위군을 이끄는 시황이 벽력당의 폭뢰까지 손에 넣었다?

무명은 아연실색할 상황에 침을 꿀꺽 삼켰다.

'호랑이 등에 날개가 돋은 격이겠군.'

곧 금위군이 수레를 끌고 왔다. 수레 행렬이 별장 뒤에서 앞마당까지 길게 이어졌다.

기이한 점은 수레를 끄는 말들이 망자 금위군에게 놀라지 않고 고분고분 말을 따른다는 것이었다.

이상했다. 짐승은 목숨의 위기를 본능적으로 알아차리고 울부짖지 않는가?

그렇다면 지금 말들은 아마도…….

'고양이 앞에 서자 머릿속이 텅 비어버린 쥐와 같은 상태로군.'

시황이 타고 온 흑마를 볼 때 말들 역시 임무를 다하면 망자 꼴이 되리라. 도살장에 끌려가는 가축의 행렬. 피할 수 없는 죽음을 멍하니 맞이하는 말들의 모습은 비록 짐승이긴 하나 참담하기 그지없었다.

시황이 재차 명령했다.

"모두 이동한다."

그 말에 금위군이 일제히 두 손을 들어 올려 포권지례를 올렸다.

처억!

시황이 말을 몰아 별장을 나가고 금위군이 행진하듯이 그 뒤를 따라갔다. 일사불란한 동작으로 오와 열을 맞추는 금위군. 기강이 엄정한 군대가 따로 없었다.

이어서 망자로 탈바꿈한 화산파 제자와 쟁자수들이 천천히 금위군 행렬을 따라갔다.

그때 술 취한 자처럼 유독 좌우로 비틀거리며 걷는 망자가 있었다.

바로 목을 잃은 태자의 몸뚱이였다.

몸뚱이는 자신의 목을 찾으려는지 두 손을 연신 허공에 휘저었다. 그러나 태자의 목이 시황의 흑마에 매달린 채 가버린 사실을 몸뚱이가 알 리 없었다. 곧 몸뚱이는 비틀거리는 걸음걸이로 대문을 나가 어둠 속으로 사라졌다.

모든 망자가 떠나자 죽은 시신만 남은 별장은 쥐 죽은 듯한 침묵에 빠졌다.

이제 참았던 숨을 크게 심호흡해도 된다.

하지만 무명은 입을 꾹 다문 채 좀처럼 편히 숨을 쉴 수 없었다.

시황의 말 한마디에 마술처럼 몸을 일으키던 망자들.

그가 지나가는 곳은 혈선충에 감염된 망자들이 하나씩 줄을 이어 따라갈 것이다. 모든 망자들이 꼭두각시처럼 명령에 따르는 자.

그가 망자들을 이끌고 황궁으로 향하면 과연 누가 막을 수 있단 말인가?

게다가 시황을 지키는 것은 그냥 혈귀가 아니었다.

생전의 엄정한 기강을 여전히 유지하고 있는 망자 금위군은 물론, 기이한 신체 능력을 지닌 광명사자들이 그를 철통처럼 호위하고 있다. 또한 허공섭물의 수법으로 태자의 목을 잡은 것으로 볼 때 시황 자신이 엄청난 고수였다.

망자비서를 손에 넣는 자가 천하를 지배한다는 소문.

소문을 철석같이 믿은 강호인은 탐욕에 눈이 멀어서 망자비서를 두고 아귀다툼을 벌였다. 그러는 사이 중원에 점점 망자 떼가 창궐했고 시황이란 괴물이 지옥에서 올라와 세상에 발을 들인 것이다.

이제 강호인은 서로를 탓하며 자신의 잘못을 발뺌하리라. 하지만 세상이 멸망한 뒤에 누구 잘못을 지적해 봤자 무슨 소용인가?

이강과 헤어진 뒤 영왕의 신별장에 잠입한 것은 불과 한 시진 전이었다.

무명은 그 한 시진 동안 지옥을 보고 온 것 같았다.

내공을 운용해서 가늘게 호흡하고 있던 무명은 광명하사라는 호법이 등장하면서부터 아예 숨을 참다시피 하고 있었다. 엄청난 고수인 광명하사에게 산 자의 기척을 들킬까 봐 두려워서였다.

무명은 그제야 참았던 숨을 토하며 크게 심호흡을 했다.

"허억, 허억……."

잠시 후 숨을 고른 무명은 환도를 들고 이 층 계단을 내려왔다.

일단 문으로 다가가서 벽에 등을 기대고 섰다.

망자들의 기척은 느껴지지 않았다. 아무 소리도 나지 않는 것을 확인하자 무명은 몸을 돌려 밖으로 나왔다.

별장 앞마당은 무간지옥이 따로 없었다.

강궁에 꿰이는 바람에 쓰러지지도 못한 채 숨진 화산파 제자, 간신히 강궁은 피했지만 금위군에게 들켜서 환도에 목을 베인 쟁자수 등이 땅바닥에 아무렇게나 뒹굴고 있었다.

무명은 시신들 사이를 조심해서 지나갔다.

호흡은 건물을 나올 때부터 참고 있었다. 혹시라도 시황을 따라가지 못한 망자가 느닷없이 몸을 일으키면 낭패이니까.

한번 산 자의 기척을 들키면 도망칠 수 없다. 금창약을 발랐지만 심하게 움직이다가 상처가 벌어지면 핏물이 배어 나올 것이다.

산 자의 피 냄새는 망자를 부른다.

만약 시황이 일당을 되돌려서 별장에 들이닥치는 날에는……

'강호의 최고 고수라고 해도 살아서 탈출하지 못한다.'

다행히 모든 망자가 빠짐없이 시황을 따라갔는지 무사히 별장을 나올 수 있었다.

대문 밖의 오른쪽 길은 흙먼지가 자욱하게 일어 있었고 주변 수풀은 꺾여 있었다. 망자 무리가 별장을 돌아 서쪽으로 갔다는 뜻이었다.

무명은 반대편인 동쪽으로 향했다.

마침 동쪽은 주작호에서 비교적 안전한 곳이었다. 이강도 충권을 이기자 동쪽을 택해서 주작호를 빠져나가지 않았는가.

'이강은 무사히 탈출했을까?'

무명은 무심코 이강 걱정을 하다가 피식 웃고 말았다.

그가 주작호에서 죽을 리 없었다. 무간지옥에 떨어져도 살아 나올 자를 단 한 명만 꼽으라면 무조건 이강일 테니까.

무명은 고개를 돌려 마지막으로 영왕의 신별장을 바라봤다.

황태후 행차 때만 해도 불꽃놀이 축제를 벌이는 등 웅장하고 화려함을 자랑했던 별장은 이제 불빛 한 점 보이지 않았다.

죽은 시체가 언제 망자가 되어 몸을 일으킬지 모르는 곳. 이제 별장은 주작호에서 영영 몸을 웅크린 채 지나가는 사람들의 마음에 공포를 심으리라.

그리고 그곳에 태자의 몸과 남궁유의 목이 있었다.

만인지상의 자리가 예정돼 있는 태자. 아미파의 속가제자이며 남궁세가의 여식인 남궁유.

보통 사람은 평생 누리기 힘든 지위를 차지한 둘은 현재의 부귀영화에 만족하지 못하고 망자의 힘을 빌어 천하를 얻을 꿈을 꾸었다.

그러나 천외천(天外天). 하늘 밖에 또 다른 하늘이 있었다.

힘을 앞세우던 둘의 꿈은 진짜 강자를 만나자 모래 위에 지은 탑처럼 하룻밤 사이에 무너져 내렸던 것이다.

무명은 무너진 사상누각을 뒤로하고 별장을 떠났다.

무명은 주작호를 동쪽으로 빙 돌아서 이동했다.

동쪽에는 폐가나 다름없이 변한 태자의 옛 별장이 있었다. 그런데 별장에 도착해서 몰래 인기척을 살핀 무명은 쓴웃음을 짓고 말았다.

백운을 포함한 금위군 일조가 여전히 한가롭게 시간을 보내고 있었기 때문이다.

'천하태평이로군.'

태자가 주작호에 온 까닭은 망자 금위군을 끌어모으기 위해서였다.

그는 황상의 자리에 오르기 전까지 망자라는 정체를 숨기려고 했다. 때문에 청성의 오른팔인 백운을 일부러 떼어놓고 영왕 신별장을 급습했던 것이다.

화산파를 몰아내고 벽력당의 폭뢰까지 손아귀에 넣은 태자.

하지만 만련영생교의 수장인 시황의 존재는 그의 계획에 없었다. 시황은 태자의 목을 베고 말 뒤에 묶은 뒤 망자들을 이끌고 사라졌다. 진한 피바람이 불고 지나간 주작호는 영영 음침한 장소로 남게 되었다.

그런데 금위군 일조는 밖에서 지옥도가 펼쳐진 일을 까맣게 모르고 있으니…….

그때 다른 생각이 들었다.

'차라리 아무것도 모르는 게 나을지도.'

동료들이 몽땅 망자로 탈바꿈한 사실을 군이 알 필요가 있을까? 그냥 금위군으로서 임무를 다하는 게 저들에게 오히려 홍복이리라.

'주작호를 떠나라고 언질을 줘야 하나?'

무명은 잠시 고민했지만 딱히 방법이 없었다.

백운의 조는 태자가 망자인 사실도, 시황에게 제거된 사실도 모르고 있다. 그런 와중에 불청객이 나타나서 주작호를 떠나라고 말한다면 어떤 병사가 명을 어기고 도망부터 칠 것인가?

게다가 백운은 청성의 사질로, 무당파의 속가제자다.

사정을 설명할 방법도 없고, 들을 자도 아니었다.

하는 수 없군.

무명은 기척을 들키지 않은 채 태자의 구별장에서 몸을 돌렸다.

금위군의 운명은 스스로 알아서 헤쳐 나가리라.

지금은 더 중요한 일이 눈앞에 있었다.

영왕의 신별장을 떠나고 족히 반 시진이 지났을 때, 무명은 주작호의 북쪽에 도착했다.

'이강이 기다리고 있을까?'

혹시 몰라서 기대는 했으나 그럴 가능성은 없었다.

그가 강호제일악인이라서가 아니었다. 언제 어디서 망자 떼가 출몰할지 모르는 주작호. 목숨을 나눈 친우라면 모를까, 산 사람이라도 사는 게 나았다. 반대 경우라고 해도 무명 역시 이강을 기다리지 않고 자리를 떴을 것이다.

그때였다.

히히힝. 호숫가 옆에서 말 울음소리가 들렸다.

가까이 다가가자 주작호 잠행을 시작할 때 나무에 묶어둔 말이 있었다. 남아 있는 말은 한 필이었다. 다른 한 필은 이강이 타고 갔으리라.

그런데 말의 고삐가 나무에 단단히 묶여 있는 것이 아닌가?

무명은 먼저 잠행을 시작할 때 돌아오지 못할 경우 말이 도망갈 수 있도록 고삐를 느슨하게 묶어두었다. 그렇다면 고삐가 단단히 묶여 있는 것은……

'이강의 처사군.'

그가 고삐를 다시 묶은 것은 두 가지 이유에서이리라.

하나는 무명이 왔을 때 말이 도망가고 없는 경우를 방지하기 위해서일 것이다. 다른 하나는 다름 아니라……

'내가 반드시 살아남아 탈출할 것이라 생각했군.'

무명은 절로 피식 웃음이 나왔다.

강호제일악인이 뜻밖에도 세심히 일 처리를 한 것이 싫지만은 않았던 것이다.

그는 먼저 말안장에 있는 물주머니를 들고 시원하게 물을 들이켰다. 그리고 벽곡단을 한 웅큼 꺼내 씹었다.

차가운 물을 마시고 벽곡단으로 요기를 하자 정신이 들었다. 천신만고 끝에 목숨을 건졌으나 아직 가야 할 길이 첩첩산중이었다.

'도성으로 가자.'

무명은 북쪽으로 말을 몰아서 도성으로 향했다.

쉬지 않고 말을 달린 무명은 반나절 뒤에 도성에 도착했다.

그때는 이미 해가 져서 주위가 어둑어둑해진 뒤였다. 주작호에 다녀오느라 꼬박 만 이틀이 걸린 셈이었다.

밤이 되면 망자가 돌아다닌다는 소문 탓일까?

거리에 사람들의 모습이 드물었다. 황궁이 있는 중원의 수도. 불과 한 달 전만 해도 도성의 밤은 기름불이 거리를 환히 밝혀서 인파가 끊이질 않았다.

그런데 이제 막 해가 졌을 뿐인데 인기척을 찾기 힘들어진 것이다.

이래서야 을씨년스럽던 주작호와 다를 게 없었다.

무명은 음침한 도성의 거리를 보며 생각했다.

이강은 아마 하오문으로 갔을 터였다.

태자의 구별장에서 난쟁이 흑소귀를 붙잡았을 때 무명은 그에게 도성으로 돌아가 하오문의 백노괴 밑에서 기다리라고 말했다.

그것으로 부족했는지 이강은 난쟁이에게 백족지적이란 독까지 먹였다.

실은 백족지적은 독이 아니라 평범한 닭 피였지만 난쟁이가 그걸 알 리 없었다. 게다가 이강은 사십구 일 안에 해독제를 못 먹으면 칠공으로 피를 쏟으며 죽는다고 협박까지 하지 않았는가?

두 눈을 검은 천으로 질끈 싸맨 강호의 사대악인 이강.

그의 협박을 웃어넘길 인물은 정파와 사파를 떠나서 강호에 몇 명 되지 않으리라.

그러고 보니 무명도 닭 피를 이용한 일이 있었다.

망자 남궁유와의 사투(死鬪).

만약 그때 닭 피를 이용하자는 심계가 떠오르지 않았다면?

…남궁유에게 목이 베이고 망자가 되어서 영영 그녀의 수족이 되었을 게 틀림없었다. 당시 아슬아슬했던 순간이 떠오르자 다시 한번 등골이 오싹했다.

어찌 보면 이강이 난쟁이에게 닭 피를 먹였던 일이 은연중에 머릿속에 남아서 그때 심계를 생각해 내도록 만든 것이 아닐까?

그렇다면 이강은 또 한 번 결정적인 도움을 준 셈이었다.

"참으로 고맙군."

무명이 쓴웃음을 지으며 중얼거렸다.

이제 하오문으로 가서 난쟁이에게 백령은침 시술을 받을 차례였다.

시술을 받고 기억이 돌아오면 이매망량의 흉계와 그것을 꾸민 수장의 정체를 알 수 있으리라. 바로 무명과 이강이 원하는 정보였다.

둘이 반드시 풀어야 할 숙제.

그러나 그 전에 먼저 할 일이 있었다.

무명은 하오문으로 가지 않고 도성의 동쪽으로 말을 몰았다.

그가 가장 먼저 찾은 장소는 다름 아닌 관제묘였다.

관제묘는 창천칠조가 서로 접선할 때 모이는 곳이다. 즉, 백령은침을 시술받는 것보다 무림맹에게 주작호에서 있었던 일을 빨리 알리려고 한 것이었다.

무명을 사파의 세작으로 의심하고 소림사 참회동에 가두려고 했던 제갈성.

하지만 개인적인 은원보다는 중원의 안위가 중요했다.

또한 태자와 남궁유가 각각 황궁과 무림맹에 숨어든 망자였다는 사실을 전한다면 무명이 세작이라는 의심도 어느 정도 상쇄하는 셈이 되리라.

관제묘에 도착했을 때는 해가 완전히 떨어져서 주위가 어두컴컴했다.

무명은 밖에 말을 두고 안장에서 기름불을 챙긴 뒤 관제묘로 들어갔다.

혹. 화섭자를 불어서 불을 붙였다.

어두웠던 사당이 환하게 밝아지자 중앙에 있는 관우상이 눈에 들어왔다.

관우상의 위엄 서린 자태는 여전했다. 특히 들고 있는 팔십 이 근의 청룡언월도는 다시 봐도 엄청난 기백이 느껴졌다.

액운을 막고 악을 징벌하는 무신(武神) 관우.

예전에는 그 어떤 악도 감히 관제묘에 발을 들이지 못하리라 생각했다.

하지만 지금은 생각이 바뀌었다. 선과 악의 구분은 누가 한다는 말인가? 사리사욕을 챙기던 화산파가 명문정파이며 선인가? 과거 인연을 잊지 못해서 몸을 던져 정영을 구하고 죽은 당랑귀녀가 악인가?

선악은 보는 이의 생각에 달렸다.

무명은 이제 선악에 관심이 없었다. 단지 해야 할 일을 할 뿐.

그는 천장을 가로지르는 대들보로 훌쩍 뛰어오른 뒤 그 위에 일자로 몸을 뉘었다.

대들보는 몸을 살짝 뒤척이기만 해도 아래로 떨어질 만큼 비좁았다. 그러나 전신에 내력이 충만한 지금, 큰 걱정은 들지 않았다.

얼마나 기다려야 할까?

제갈성이 주자호에서 벌어진 태자와 영왕의 권력 다툼을 눈치채고 있으니 창천칠조는 바쁘게 돌아다니며 정보를 모으는 중이리라.

짧으면 하루, 길으면 이틀. 그 안에 관제묘에서 접선하는 자가 있을 것이다.

만 이틀 동안 한잠도 자지 못한 무명은 눈을 감자마자 곯아떨어졌다.

저벅, 저벅.

귓가에 사람 발소리가 들리는 순간 무명은 눈을 번쩍 떴다.

눈이 부셨다.

해가 뜬 지 오래라는 뜻이다.

잠깐 눈을 붙였다고 생각했는데 밤새 한 번도 깨지 않고 단잠을 잔 것이었다.

관제묘에 불청객들이 들어와 있었다.

물론 그들은 무명의 존재를 몰랐다.

내력을 얻은 무명은 잠자는 중에도 숨소리가 들리지 않도록 얕게 호흡했으며 작은 발소리만 듣고도 기척을 깨닫고 눈을 뜬 것이었다.

그런데 불청객들은 익히 알고 있는 자들이었다.

"주작호에서 다시 망자 떼가 나왔다는 말이지?"

"네. 도성이 지척인 곳인데 심히 걱정되는군요."

뻣뻣하고 냉담한 목소리와 존대를 하고 있으나 날카로운 면모가 숨겨진 목소리.

바로 창천칠조의 장청과 당호였다.

휙.

무명이 대들보에서 뛰어내려 바닥에 착지했다.

갑자기 천장에서 사람 그림자가 나타나자 장청이 깜짝 놀라며 검을 뽑았다.

"누구냐?"

"오랜만이오."

무명은 두 사람에게 목례를 하며 인사했다.

"…누군가 했더니 당신이었군."

"정말 오랜만입니다. 그간 무사하셨군요?"

"운이 좋아서 목숨은 부지하고 다니오."

무명의 말과 표정이 이전과 달리 여유로워진 것을 느꼈는지 장청과 당호가 슬쩍 서로 시선을 교환했다.

"그만 검을 거두는 게 어떻소?"

"그럴 수는 없소."

뜻밖에도 장청은 검을 거두기는커녕 무명의 목을 향해 겨누는 것이었다.

하지만 무명이 놀라지 않고 태연자약하게 있자 오히려 둘은 긴장한 채 서로 눈치를 봤다.

실은 무명은 일이 이렇게 되리라 예측하고 있었다.

"제갈성이 나를 잡으라고 했소?"

"…그렇습니다. 당신 정체가 수상하니 보는 즉시 붙잡으라고 명을 내리셨죠."

"게다가 이런 명도 덧붙이셨지."

장청이 품에 손을 넣더니 작은 종이쪽지를 꺼내어 보였다.

쪽지에는 세필로 '생사무관(生死無關)'이라는 문구가 적혀 있었다.

생사무관. 죽이든 살리든 상관없다는 뜻.

무명이 안전가옥에서 도주하자 제갈성은 창천칠조에게 전서구로 쪽지를 보내 그를 잡으라고 명령을 내린 것이었다.

무명이 담담하게 고개를 끄덕이며 말했다.

"굳이 나를 잡으려고 힘쓸 필요는 없소."

"왜지?"

"직접 내 발로 제갈성을 만나러 갈 테니까."

"그래서 일부러 관제묘에 와계셨던 것이군요?"

역시 당호는 눈치가 빠르고 말이 통했다.

하지만 장청은 영 딴판이었다.

"부맹주님이 생사무관이라고 하셨으니 당신 목을 베어서 들고 가도 된다."

냉랭하기 짝이 없는 말투.

무명은 슬쩍 장청의 면면을 살폈다.

그는 지하 도시에서 폭혈화부를 함부로 쓰는 바람에 망자의 독혈을 뒤집어써서 큰 부상을 당했다.

게다가 며칠 동안 청성의 손에 잡혀 있던 터라 제대로 된 치료를 받지 못했다.

그 뒤 제갈성이 의원을 붙여줘서 몸에서 독기는 모두 몰아냈다.

하지만 얼굴 반쪽에 큰 화상을 입은 흉터는 어찌할 도리가 없었다.

장청은 명문정파인 특유의 도도한 미소를 짓곤 했는데, 이제 미소를 지으면 잔뜩 일그러지는 흉터 때문에 사파의 마두처럼 흉악한 얼굴이 되어버리는 것이었다.

사람의 마음을 알려면 얼굴을 보면 된다는 말이 있다.

장청의 마음은 영영 지워지지 않을 흉터처럼 싸늘하게 식어버린 지 오래였던 것이다.

무명은 한눈에 그런 사정을 알아차렸다.

그러나 장청을 위로할 마음은 조금도 없었다.

"할 수 있으면 해보시오."

"뭐라고?"

"내 목을 들고 가겠다면 그리하란 말이오. 단, 나도 가만있지는 않겠소."

무명이 천천히 장청과 당호를 번갈아 보며 말했다.

"망자가 되어서 영생불사하는 것도 아닌데 목만 베이면 아까우니까."

"네놈이……!"

장청은 당장에라도 검을 휘두르려고 높이 치켜들었다.

그때 당호가 입을 열었다.

"참으시죠."

"참으라고? 저 사파의 세작을 요절내도 분통이 멈추지 않을 판인데?"

"생사무관이란 명은 무조건 죽이라는 게 아니라 어쩔 수 없이 싸울 때 손속을 봐주지 않아도 된다는 뜻이죠. 만약 검을 쓴다면 조장이 화를 참지 못하고 일을 벌였다고 보고드릴 겁니다."

당호의 말은 차근차근 설명하는 투였지만 아무 감정도 실려 있지 않고 냉랭해서 장청의 기를 대번에 질리게 만들었다.

곧 장청이 검을 내리며 말했다.

"운 좋은 줄 알아라."

"당신이야말로 당호에게 고마워하시오."

"무슨 소리냐?"

"검을 썼으면 지금쯤 당신은 저세상 사람일 테니까."

"뭐라고?"

장청이 분노를 터뜨렸지만 무명은 아무 대꾸도 하지 않고 그대로 몸을 돌렸다.

우스웠다. 정의를 실천하기 위해서가 아니라 자기 자존심을 지키기 위해서 검을 드는 자가 명문정파의 후기지수라고?

"무림맹이 왜 망자를 막지 못했는지 잘 알겠군."

무명은 허공에 한마디 말을 내뱉은 뒤 관제묘를 나갔다.

둘은 무명을 대동하고 부맹주에게 갈 예정이니, 다른 창천 칠조에게 소식을 전할 전갈을 남겨두었으리라.

무명, 장청, 당호 셋은 각자 말에 올라서 서쪽으로 향했다.

당호가 물었다.

"사파의 세작으로 낙인찍힌 마당에 부맹주님을 만나려는 이유는 무엇입니까?"

"꼭 전해야 할 정보가 있어서요."

"무슨 정보인지?"

"지금 말할 수는 없소. 제갈성을 만나 직접 얘기하겠소."

그러자 장청이 피식 웃으며 말했다.

"훗, 들으나 마나 뻔하지. 목숨을 좀 더 부지하려는 수작이군."

그 말에 무명이 냉담하게 대답했다.

"이 정보에 당신들 목숨이 달렸소."

그리고 장청과 당호가 궁금해하든 말든 신경 쓰지 않고 말을 몰아 선두를 달렸다.

도성의 거리에 도착한 뒤 둘이 무명을 대동하고 간 곳은 어느 객잔이었다.

객잔은 제갈성쯤 되는 인물이 묵으리라고 생각되지 않을 만큼 평범하고 허름했다.

비싸고 화려한 객잔일수록 남의 눈에 띄기 쉽다.

제갈성이 중원 상황이 상서롭지 못하다는 것을 깨닫고 보안에 신경 쓴다는 뜻이리라.

또한 객잔 복도를 오가는 점소이 중 몇 명의 안광이 예사롭지 않았다.

제갈성이 부리는 무사들이 점소이로 변장한 채 경비를 서고 있음이 분명했다.

철통같은 방비.

화산쌍로가 살수들을 이끌고 암습했던 것 같은 일은 이제 없으리라.

반면 객잔에서 도주하는 것도 쉽지 않다는 뜻이었다.

한번 들어가면 빠져나올 수 없는 개미지옥.

호랑이를 잡으려면 호랑이 굴에 들어가야 한다.

무명은 장청과 당호를 따라 거침없이 객잔 방으로 들어갔다.

방은 의외로 크고 넓었다.

그리고 그곳에 모인 인물 중 몇몇이 무명을 기이한 안광으로 쏘아보고 있었다.

그중 두 명은 부맹주 제갈성과 소림승 진문이었다.

다른 자들은 처음 보는 인물이었으나 무명은 한눈에 그들의 정체를 짐작할 수 있었다.

이마에 계인을 찍고 붉은 가사를 걸치고 있는 승려들이 모두 다섯 명.

다섯 승려는 가장 나이가 많은 자가 삼십쯤 되어 보였으며 가장 젊은 자는 이제 막 약관을 넘은 듯이 보였다.

소림사 승려치고는 비교적 젊은 그들은 진문 뒤에 묵묵히 서 있었으나 두 눈에서 뿜어 나오는 형형한 안광은 숨길 수 없었다.

그들은 진문의 사제들인 동시에 소림사 십팔나한의 일원이리라.

문득 무명은 방구석에 조용히 있는 자를 알아보고 기쁜 얼굴로 입을 열었다.

"정영, 무사했소?"

당랑귀녀와 함께 주작호의 검은 물속으로 가라앉았던 정영.

망자 소굴이 된 주작호를 무사히 빠져나온 정영을 마주하니 반가운 마음이 컸다.

그러나 정영은 냉담한 얼굴로 살짝 고개를 끄덕여 보일 뿐, 아무 말도 하지 않았다.

"……"

그녀의 차가운 반응은 단지 부맹주 제갈성이 있는 자리여서만은 아닌 것 같았다.

제갈성은 여전히 은사가 촘촘하게 드리운 모자를 쓰고 있어서 표정을 알아볼 수 없었다.

하지만 은사 사이로 은은한 기운이 새어 나올 정도로 그의 두 눈은 여느 때보다 더욱 안광을 뿜어내고 있었다.

그가 담담한 목소리로 말했다.

"무명, 다시 무림맹에 찾아올 줄은 몰랐소."

"나도 동감이오."

"당신을 잡아 오라는 명은 아직 그대로요. 제 발로 무림맹을 찾은 이유가 무엇이오?"

"중원의 안위가 달린 일을 전하기 위해서요."

그 말에 제갈성은 잠시 무명을 노려보며 침음했다.

그는 만련영생교의 암습으로 문사가 달아난 일과 주작호에서 벌어진 사태 등을 정영에게 이미 보고받은 뒤였다.

때문에 눈앞의 무명을 무작정 적으로 여길 수는 없었던 것이다.

"좋소. 일단 얘기를 들어보지."

곧 제갈성이 입을 열었다.

"모두 앉으시오."

방의 중앙에는 기다란 탁자와 함께 십여 개의 의자가 놓여 있어서 모든 사람이 앉기에 충분했다.

모두 열한 명의 인원이 의자에 착석했다.

그들의 면면은 다음과 같았다.

무림맹의 부맹주 제갈성.

창천칠조의 정영, 장청, 당호. 송연화는 황궁에 있는지 자리에 없었다.

진문을 포함한 소림승 여섯 명.

그리고 무명.

제갈성이 탁자 맞은편에 앉은 무명에게 말했다.

"모두 바쁜 몸이지만 먼저 얘기할 기회를 주겠소."

그의 말에 가시가 있었지만 무명은 신경 쓰지 않고 대신 좌중을 한차례 돌아봤다.

"창천칠조 중에 한 명이 부재중인 것 같소만?"

"송연화는 황궁 일이 있어서 오늘은 함께할 수 없소."

제갈성이 대답했다.

그런데 이어지는 무명의 말이 사람들의 주목을 끌었다.

"그녀 말고 지금 자리에 없는 다른 한 명이 궁금하오만?"

"남궁유 말이냐?"

제갈성도 무명에게 존대를 하는데 대뜸 하대를 하며 끼어든 자는 장청이었다.

그는 무명이 이제 무림맹의 손님이 아닌 처지인데 창천칠조의 일을 캐묻자 무례하다고 여겼던 것이다.

"남궁유는 부맹주님의 밀명을 받고 모처에 잠행 중이다. 조금 늦긴 하지만 오늘 회의가 끝나기 전에는 돌아와서 모습을 비추겠지."

"아니. 남궁유는 돌아올 일이 없소."

"무슨 소리냐?"

"말 그대로요. 남궁유는 주작호에서 목숨을 다했으니 다시는 돌아오지 않을 것이오."

"훗, 설마 네가 남궁유를 죽인 건 아니겠지?"

"그렇다고도 아니라고도 할 수 있소."

"뭐라고! 네놈이 남궁유를 해쳤다면 우리 창천칠조가 가만 있지 않을……."

장청이 몸을 일으키며 소리치자 제갈성이 손을 들어 막았다.

"장청, 앉아라."

"…예."

장청은 간신히 이성을 되찾고 자리에 앉았으나 당장에라도 검을 뽑아 무명을 요절내겠다는 얼굴이었다.

같은 창천칠조 대원인 정영과 당호는 물론 진문을 포함한 소림승들도 굳은 눈빛으로 무명에게 시선을 떼지 않았다.

제갈성이 무명에게 물었다.

"무명, 설명하시오. 남궁유를 당신이 죽였소?"

"남궁유의 목을 베기는 했소. 하지만 그녀는 이미 죽어 있었소."

그 말에 방 안 분위기가 크게 술렁거리며 요동쳤다.

장청이 분을 참지 못하고 검을 뽑으려는 찰나, 제갈성이 싸늘한 목소리로 재차 물었다.

"남궁유가 망자였다는 말인가?"

"그렇소."

제갈성은 역시 머리 회전이 빨랐다.

"남궁유는 이미 망자가 된 지 오래였소. 그녀는 내 목을 베고 망자로 만들어서 수하로 삼으려 했으나 보시다시피 나는 살았고 그녀는 불귀의 객이 되었소. 나는 남궁유를 죽인 적 없소. 단지 망자의 목을 베었을 뿐이오."

무명의 말이 좌중에게 무거운 충격을 안겼다.

망자는 죽은 시체가 되살아난 것.

즉, 무명은 시체의 목을 벤 셈이니 남궁유를 해치지 않았다고 반론한 것이었다.

지극히 당연하면서도 소름 끼치듯 냉정한 말.

제갈성은 물론 모든 이가 무명의 냉혹한 보고에 할 말을 잃고 침음했다.

그때 무명이 침묵을 깨고 또 한 번의 충격적인 말을 꺼냈다.

"제갈성, 당신은 무림맹에 망자가 숨어 있을지 모른다고 했소."

"…그랬지."

그 말에 좌중이 경악한 눈으로 제갈성과 무명을 번갈아 봤다.

"무림맹에 숨어든 망자가 바로 남궁유였소. 그녀는 황궁의 높은 인물에게 무림맹의 정보를 빼돌리며 세작 역할을 톡톡히 하고 있었소."

"황족 중에 있는 망자의 정체도 알아낸 건가?"

"그렇소. 태자가 망자였소."

무명은 주작호에서 있었던 일을 제갈성과 좌중에게 설명했다.

남궁유는 창천칠조가 된 이후 망자가 되었기 때문에 그간 정체를 숨길 수 있었으며, 망자인 태자와 함께 천하를 집어삼키려 했으나 사투 끝에 숨통이 끊어졌다는 얘기였다.

좌중은 충격적인 사실에 침을 삼키며 경악했다.

장청이 믿을 수 없는지 물었다.

"남궁유가 망자였다는 증거는 있냐? 네놈 말을 어떻게 믿지?"

"증거?"

무명은 짜증이 났다.

같은 창천칠조가 망자였다는 사실을 믿기 힘든 것은 이해할 수 있으나 지금은 사소한 감정싸움으로 시간을 지체할 때가 아니지 않은가?

"제갈성은 나를 소림사 참회동에 가두려고 했소. 또 내가 도주하자 생사무관, 즉 죽이든 살리든 상관없이 잡아 오라는 명을 내렸지. 한데 그걸 알면서도 나는 내 발로 여기 왔소. 더 증거가 필요하오?"

"……"

"굳이 증거가 필요하다면 주작호 남쪽에 있는 영왕 별장의 지하실에 가보시오. 그곳 구석에 남궁유, 아니, 망자의 목이 굴러다닐 테니까."

냉혹하지만 어디 한 구석 빈틈이 없는 대답.

무명은 입을 다문 장청을 무시하고 제갈성을 보며 말했다.

"태자와 남궁유는 더 이상 위협이 되지 않소. 지금 중원의 진짜 문제는…."

"만련영생교 말이오?"

"……!"

이번에는 무명이 놀라서 말을 멈췄다.

"지하 도시에서 끌고 온 문사가 실은 만련영생교의 교주였다는 것은 알고 있소."

무명도 그 대답은 짐작하고 있었다.

만련영생교의 광명사자들과 직접 싸웠던 정영과 그 광경을 목격했을 진문이 제갈성에게 이미 보고를 끝마친 뒤일 테니까.

그러나 제갈성의 재량은 무명의 예상을 뛰어넘은 것이었다.

"진공, 소식을 들려주게."

"예."

소림승 중에서 유독 눈빛이 형형한 자가 목례를 하더니 무명을 포함한 좌중에게 얘기를 시작했다.

"지금 중원 각지에서 망자 떼가 창궐하고 있소."

망자가 창궐하는 지역은 어디라고 손꼽을 수 없을 만큼 많았다.

그런데 지역들마다 한 가지 공통점이 있었다.

흑의를 걸치고 검은 복면을 쓴 괴인이 나타났다 사라진 다음 날 갑자기 사람들이 망자가 되었다는 얘기였다.

"…만련영생교의 신도들이군."

"그렇소."

무명이 신음하듯 중얼거리자 진공이 고개를 끄덕였다.

"흑의인들은 복면을 써서 얼굴은 가렸지만 신분은 감추지 않았소. 그들은 '만련천하 시황영생'이란 말을 외치며 다녔다고 하오."

만련영생교가 신도들을 각 지역에 보내서 혈선충으로 사람들을 감염시키는 게 분명했다.

놀라운 얘기는 그것으로 끝이 아니었다.

"밤이 되면 망자로 변한 자들이 산과 들을 줄지어 이동하고 있소. 망자들이 향하는 곳은 중원의 북쪽, 바로 여기 도성이오."

"……."

황궁이 있는 도성을 향해 모이고 있는 망자들.

본래 무림과 관은 서로의 일에 관여하지 않는다.

그러나 지금은 관의 일이랍시며 눈감고 넘길 상황이 아니었다.

무명은 진문의 사제들로 보이는 소림승들이 왜 이 자리에 있는지 알 수 있었다.

그들은 소림사의 임무를 맡고 중원 각지로 파견을 나갔으나 망자 떼의 심각함을 경험하고 무림맹에 연락을 취하기 위해 달려온 것이리라.

진공 옆에 앉은 소림승들이 한마디씩 했다.

"도성으로 향하는 망자들의 수가 점점 늘고 있소."

"그들이 한곳에 모인다면 큰 문제가 될 것이오."

너무나 당연한 얘기. 하지만 알고 있어도 등골이 오싹한 말이었다.

제갈성이 과거를 회상하듯이 말을 꺼냈다.

"흑랑성 사건 때도 혼백이 없는 망자들의 정신을 조종하는 자가 있었지."

"만련영생교의 교주가 그런 자란 말씀입니까?"

진공이 묻자 무명이 끼어들며 대신 대답했다.

"그렇소. 만련영생교의 교주는 자신을 시황이라고 칭하오."

"시황?"

"망자들의 첫 번째 황제라는 뜻이라고 하더군."

"……!"

좌중이 놀라면서 동시에 어처구니가 없다는 듯한 반응을 보였다.

그런데 이어지는 무명의 말은 더욱 믿기 힘든 것이었다.

"시황은 중원의 모든 사람을 망자로 만들어서 군림하려는 것 같소. 때문에 망자들을 이끌고 황궁으로 오고 있는 것이오."

"망자가 황제가 되겠다고? 말도 안 되는 소리!"

장청이 피식 헛웃음을 터뜨리며 말했다.

그러나 아무도 그의 말에 동의하지 않고 침묵을 지키자 그는 당황해서 얼굴을 붉히고 더는 끼어들지 못했다.

진공이 제갈성을 보며 말했다.

"망자 떼의 창궐이 예사롭지 않습니다. 나쁜 뿌리는 땅에 내리기 전에 뽑고 싹은 돋기 전에 자른다고 했습니다. 만련영생교를 막아야 합니다."

그의 말은 당연한 것이었으나, 뿌리와 싹을 비유하는 것이 불문에 몸을 둔 자라고는 여겨지지 않을 정도로 냉혹한 면이 엿보였다.

제갈성이 나직하게 입을 열었다.

"무림맹은 예전 같지 않다. 망자 떼가 도성에 오는 것을 막을 인원은 없다."

"부맹주님, 하지만……."

"놈들이 오겠다면 굳이 막을 필요야 없지."

제갈성이 진공의 말을 자르더니 무명과 좌중을 돌아보며 말했다.

"만련영생교 일당과 망자 떼가 도성으로 모이는 것을 기다렸다가 한 번에 놈들을 척결하면 그만이다. 안 그렇소, 무명?"

…제갈성은 역시 만만한 인물이 아니었다.

무명이 고개를 끄덕이며 대답했다.

"절대 동감이오."

3장.

백령은침(白靈銀針)

제갈성은 만련영생교 일당이 도성으로 모일 때를 기다려서 일거에 끝장내자고 말했다.

　위험천만하면서 과감하기 짝이 없는 계획.

　확실히 일리 있는 작전이었다.

　중원은 평생 돌아다녀도 못 보는 곳이 있다고 할 정도로 넓다.

　중원 각지에서 망자가 창궐한다면 오히려 손을 쓰기 힘드니, 차라리 한곳에 모였을 때 일망타진하는 것이 바람직하리라.

　하지만 만약 일이 잘못되어 도성에 망자가 퍼진다면…….

'중원은 대혼란에 빠지겠지.'

무명은 침을 꿀꺽 삼키며 생각했다.

방 안은 잠시 침묵에 빠졌다.

흑의인을 각지로 보내서 혈선충을 퍼뜨려 망자로 감염시키는 만련영생교.

그리고 그들을 이끌며 천하를 망자 판으로 만들려는 시황.

먼저 서장 구륜사의 침입이 무림의 위기였다면 이번 만련영생교 사태는 중원 모든 사람의 위기인 셈이었다.

곧이어 무명이 입을 열고 남은 이야기를 마저 했다.

주로 태자와 영왕에 대한 것이었다.

태자와 남궁유는 망자 금위군을 조종하려는 흉계를 꾸몄으나 몰락했다.

또한 영왕과 화산파는 벽력당의 폭뢰를 써서 권력을 잡으려고 했으나 역시 실패했다는 내용이었다.

무명의 말이 끝나자 소림승 진공이 냉랭하게 소감을 말했다.

"망자 사태가 심상치 않은데 권력 다툼이라니, 황궁은 참으로 우습군."

다른 이들은 그 말에 동감하는지 고개를 끄덕였다.

그러나 무명은 속으로 쓴웃음을 지었다.

'명문정파라고 해서 무엇이 다르지?'

구대문파에서 소림사, 오대세가에서 제갈세가 정도를 빼면 현재 무림맹의 일을 하는 명문정파 역시 소수에 불과하지 않은가?

하지만 그 말을 꺼내지는 않았다. 말을 해봤자 명문정파인의 반발만 살 테니까.

창천칠조 세 명도 제갈성에게 각자 보고를 했다.

특히 정영의 보고를 듣자 좌중은 양미간을 찡그릴 수밖에 없었다.

"태안에서도 흑의를 걸친 괴인이 나타난 뒤에 사람들이 망자로 감염되고 있습니다."

"다른 지역과 마찬가지인 수법이로군."

진공이 끼어들며 말했다.

무명도 한마디 덧붙였다.

"태안보다 개봉이 먼저 시작되었소. 개봉의 개방도들도 그런 식으로 당했을 것이오."

"으음."

제갈성이 그답지 않게 고개를 살짝 흔들며 신음성을 흘렸다.

태안과 주작호 모두 도성과 지척으로 가까운 곳이었다.

망자 위협이 코앞에 들이닥쳤으니 부맹주로서 골치가 아플 만도 했다.

그때 지금까지 별말이 없던 진문이 입을 열었다.

"부맹주님, 무명은 망자 세작인 남궁유를 처치하고 태자가 망자라는 정보도 알아냈습니다. 이번 일로 세운 공이 크다고 생각합니다만?"

"……."

진문의 말이 뜻하는 것은 분명했다.

제갈성은 무명의 신분을 의심해서 소림사 참회동에 가두려는 계획이었다.

그러나 무명의 공이 크고 상황이 상황인 만큼 잠시 묻어두자는 얘기였다.

제갈성이 침묵을 깨고 무명에게 말했다.

"생사무관의 명은 없었던 것으로 하겠소."

"감사하오."

그것으로 무명은 쫓기는 신세에서 벗어났다.

하지만 방심할 수 없었다.

제갈성은 훗날을 대비해서 노림수를 남겨둘 인물이었다.

그의 의심에서 완전히 벗어나기 위해서라도 기억을 되찾는 게 중요해졌다.

"지금 소림 방장님께 전서구로 전갈을 보내겠다."

제갈성이 좌중을 보며 말을 이었다.

"삼 일 뒤에 모두 이곳으로 모여라. 그때 망자와 만련영생교를 척결할 계획을 짤 것이다."

"존명!"

창천칠조와 소림승 십팔나한들이 부맹주인 그에게 포권지
례를 올렸다.

회동이 끝나자 사람들은 제 할 일을 찾아 방을 나갔다.

그런데 무명이 밖으로 나가려 할 때 제갈성이 붙잡았다.

"무명, 잠시만."

무명이 발을 멈추자 이번에는 정영을 불러 세웠다.

"정영, 삼 일 동안 무명과 함께 다니며 그의 일을 도
와라."

"…알겠습니다."

정영은 무거운 얼굴로 포권지례를 올리더니 먼저 방을 나
갔다.

무명은 고맙다는 뜻으로 제갈성에게 고개를 끄덕여 보
였다.

하지만 제갈성이 정영을 붙여두어서 딴짓을 못 하도록 만
든 것이라는 사실을 무명이 모를 리 없었다.

'정영을 올가미 삼아 내 운신을 감시하려는 수작이군.'

어쨌든 정영과 함께하는 게 싫지는 않았다.

그런데 누군가가 흉흉한 눈빛으로 무명을 쏘아보고 있
었다.

바로 창천칠조 조장인 장청이었다.

그러고 보니 장청은 정영에게 마음이 있다고 하지 않았나?

물론 정영은 서로 아무 사이도 아니라며 그 말을 부인

했다.

하지만 여인의 마음은 도외시한 채 자기 욕망만 앞세우는 사내는 강호에서 쉽게 찾아볼 수 있지 않은가.

그런 판에 제갈성이 정영과 무명을 삼 일 동안 붙여놓은 셈이니, 장청은 질투심을 불태우며 무명을 노려보고 있었던 것이다.

무명은 장청의 눈길을 무시해 버렸다.

'시답잖은 애송이.'

객잔을 나오자 정영이 기다리고 있었다.

그녀가 물었다.

"이제 어디로 갈 것이오?"

"가장 만나기 싫은 자, 하지만 어쩔 수 없이 만나야 되는 자를 봐야 하오."

"그런 사람이 세상에 있단 말이오?"

"한 명 있소. 이강."

"아아……"

줄곧 얼굴이 굳어 있던 정영이 피식 웃음을 터뜨렸다.

그녀의 미소는 명문정파의 도도한 후기지수가 아니라 시골 마을의 소녀 같아서 언제 봐도 마음이 편해졌다.

무명과 정영은 말을 타고 이강을 만나러 하오문으로 향했다.

동쪽 끄트머리에 있는 관제묘에서 도성 거리로 가기까지는 꽤 시간이 걸린다.

둘은 말을 타고 이동하면서 별다른 얘기를 나누지 않았다.

무명과 정영은 본래 말수가 적은 성정이나 몇 번의 사투를 겪으면서 꽤 가까워져 있었다.

만약 기회가 닿았다면 남녀 간의 애정을 나누었을지도 모를 만큼······.

무명은 정영이 말이 없는 이유를 짐작했다.

'당랑귀녀.'

사문의 원수로 알고 있던 당랑귀녀가 실은 사형제 간의 추한 일에 얽혀 있었다는 사실이 정영의 마음을 괴롭히고 있는 것이었다.

당랑귀녀는 주작호의 검은 물속에 빠진 뒤 결국 죽었으리라.

만약 당랑귀녀가 살아남았다면, 그래서 둘이 결투를 끝냈다면 정영의 분위기가 지금 같지는 않을 테니까.

또한 당랑귀녀는 자기 몸으로 강궁 세례를 받아서 정영을 구했다.

사문의 원수를 갚지 못했다.

그런데 그 원수의 도움으로 목숨을 건지다니······.

정영의 마음이 무거운 것도 당연했다.

무명은 그녀의 심사를 헤아리고 당랑귀녀의 일은 일절 묻지 않았다.

침묵이 오래 지속되었을 때 정영이 입을 열었다.

"남궁유가 정말 망자였소?"

"그랬소."

"믿을 수 없소. 처음 무림맹에 왔을 때 내게 가장 잘해주고 챙겨준 자가 남궁유였는데……."

정영은 그 말을 끝으로 다시 입을 닫았다.

그녀의 말을 듣자 무명은 문득 남궁유의 과거가 어땠을지 궁금했다.

남궁유가 정영에게 잘 대해준 것이 산 사람이었을 때일까? 아니면 망자가 된 이후에도 잘해준 것일까?

그도 아니면 모든 것이 망자 특유의 연기였을까?

아무것도 알 수 없었다.

둘이 향한 곳은 도성의 유명 기루인 백홍루였다.

예전에 왔을 때 백홍루는 오 층까지 청홍 등불이 걸려서 화려하게 불을 밝히고 있었다.

그러나 지금은 대낮이라서 손님이 없는 것은 물론 점소이가 한가하게 대문 앞을 빗자루질 하고 있었다.

그런데 둘이 말에서 내릴 때였다.

"윽!"

무명은 배가 뜨끔해서 손을 짚으며 신음을 흘렸다.

"왜 그러오?"

"…상처가 벌어진 모양이오."

"상처?"

"남궁유와 싸울 때 검상을 입었소."

"검으로 배를 찔렸다고? 그런데 말을 타고 돌아다녔단 말이오?"

줄곧 침음하던 정영이 갑자기 말수가 많아졌다.

그녀는 무명을 부축하며 백홍루로 들어가더니 점소이에게 방을 하나 달라고 했다.

모르는 이가 볼 때 정영의 말투와 차림새는 영락없이 사내였다.

대낮부터 사내 둘이 방 하나를 달라고 하자 점소이는 이상한 눈빛으로 둘을 훔쳐보며 방으로 안내했다.

무명은 점소이에게 은자를 건네며 홍란을 불러달라고 했다.

점소이가 방을 나가자 정영은 다짜고짜 무명의 웃옷을 벗기려 들었다.

"어디 봅시다."

"괜찮소. 참을 만하오."

그러나 정영은 막무가내로 옷을 벗겼다.

붕대로 칭칭 싸맨 상처에서 핏물이 붉게 번져 나와 있었다.

정영은 검상 주위를 손으로 꼼꼼히 눌러보더니 곧 굳은 얼굴을 펴며 말했다.

"다행히 검이 살갗만 꿰뚫었을 뿐 내장은 피한 것 같소."

짐작하던 대로였다. 만약 검이 내장을 파헤쳤다면 말을 타고 이동하기는커녕 주작호에서 탈출하기 전에 쓰러졌으리라.

"그런데 붕대 싸맨 꼴이 이게 뭐요? 어떤 돌팔이 의원한테 치료를 받은 것이오?"

"내가 직접 싸맸소."

"…상처가 얕지 않으니 제대로 묶어야겠소."

계속해서 정영은 괜찮다는 무명을 무시하며 막무가내로 침상에 앉혔다.

그리고 등에 짊어진 봇짐을 풀어서 붕대와 금창약을 꺼냈다.

이어서 그녀는 무명이 지혈을 위해 무식하게 꽉 묶은 붕대를 풀었다.

그리고 손가락으로 금창약을 듬뿍 퍼서 상처에 정성껏 발랐다.

"점창의 금창약은 소독과 지혈이 동시에 되는 명약이오."

"…그렇군."

무명은 상처가 쿡쿡 쑤시는 것을 참느라 대답하기 힘들었다.

"오늘부터 사사 십육, 즉 십육 일간은 절대 말을 달려서는 안 되오."

"하지만 무림맹의 일이……."

"절대 안 되오!"

"알았소……."

마치 사문의 철없는 사제를 야단치는 듯한 말투.

"심하게 움직이지만 않으면 점창의 금창약이 상처를 빨리 아물게 할 것이오."

그녀는 금창약을 다 바르자 붕대의 한쪽 끝을 입에 물고 길게 폈다.

그리고 무명의 배와 등에 빙 둘러서 붕대를 감기 시작했다.

"강호인이 붕대 감는 법도 모르다니 한심하오."

"……."

먼저 무명이 묶은 방법도 그리 나쁜 것은 아니었다.피가 흐르지 않고 상처가 덧나지 않으면 되는 것 아닌가?

하지만 정영이 붕대 감는 것을 보자 무명은 할 말이 없어졌다.

붕대에 핏물이 한 방울도 배어 나오지 않으면서 상처가 꽉 조여지도록 묶여졌기 때문이다.

지금 그녀의 손길은 거친 강호인이 아니라 의원, 동시에 여인의 것이었다.

"다 됐소. 이제 옷을 입혀주겠소."

"그건 나 혼자서……."

"가만히 있으시오."

정영은 다짜고짜 무명의 뒤로 돌아가더니 웃옷을 들어 팔을 끼우는 것을 도왔다.

막상 그녀가 돕자 상처가 당기지 않도록 움직이며 옷을 입을 수 있었다.

그러다가 어느 순간 정영의 가슴이 무명의 등에 꼭 밀착됐다.

두근. 심장이 크게 뛰었다.

그때였다.

"이런, 내가 방해한 건가?"

한 명의 인영이 팔짱을 끼고 문에 기댄 채 무명과 정영을 쳐다보고 있었다.

아니, 고개만 이쪽을 향할 뿐 쳐다보는 것은 아니었다.

인영은 두 눈을 검은 천으로 싸매고 있었기 때문이다.

정영이 깜짝 놀라며 말했다.

"다, 당신 언제 여기에?"

"후후후, 방금 왔다. 난 괜찮으니 하던 일 계속하라고."

두 남녀에게서 무슨 생각을 읽었는지 입이 찢어져라 씨익 웃는 사내는 물론 이강이었다.

이강이 나타나자 정영은 침상에서 일어나 태연히 봇짐을 챙졌다.

방금까지 살짝 들떠 있던 그녀의 표정이 어느새 냉담해져 있었다.

무명은 그녀의 눈치를 살폈으나 사파 인물인 이강 때문에 기분이 가라앉은 건지 아니면 다른 이유가 있는 건지 도무지 알 수가 없었다.

무명이 옷을 다 입자 이강이 말했다.

"주작호를 무사히 탈출했구나."

"고삐를 꽉 묶어두지 않은 덕분이오."

"빚 독촉은 안 할 테니 걱정 마라."

둘은 서로를 보며 한 차례 씨익 웃었다.

정영은 무슨 영문인지 몰라 그런 둘을 번갈아 봤다.

"네가 하오문에 오려고 홍란을 찾을 줄 알았다."

"그래서 백홍루에 있었던 것이오?"

"그래. 누추하기 짝이 없어서 돈이 아깝더군."

백홍루도 유명 기루이지만 평소 도성의 고관대작이 드나드는 고급 비밀 기루에 묵는 이강은 성에 차지 않는지 불만을 터뜨렸다.

"점소이 한 놈이 사내 둘이 한방에 묵었다며 웃더군. 그래서 네놈이 온 줄 알았지."

"농담은 그만하시오. 그보다 난쟁이 흑소귀는?"

"잘 붙잡아놨다. 하오문에서 스승인 백노괴에게 붙들리자 도망칠 엄두도 못 내고 있지."

이강이 피식 웃으며 말을 계속했다.

"백노괴가 필요하다고 한 것 두 가지 중에 하나인 난쟁이는 잡아왔으니 나머지 하나를⋯⋯"

순간 그가 미소를 싹 지우며 중얼거렸다.

"⋯네놈, 이미 찾았군."

"그렇소."

무명이 말했다.

"백령은침을 수중에 넣었소. 백노괴에게 안내하시오."

무명과 정영은 백홍루를 나와서 이강을 따라갔다.

시끌벅적한 거리를 걷던 이강이 갑자기 비좁고 어두운 골목으로 들어갔다.

강호에서 가장 천박한 자들이 모인 곳. 바로 하오문으로 향하는 길이었다.

골목을 걷는 중에 무명이 말했다.

"흑소귀를 용케도 도망 못 가게 잡아놨소."

"백노괴가 스승이란 말이 맞았다. 무슨 약점을 알고 있는지 난쟁이가 꼼짝 못 하더군."

이강이 킬킬거리며 말했다.

그의 웃음을 듣자 떠오르는 게 있었다.

"꼭 스승 때문만은 아니겠지. 백족지적도 효과가 있었을 텐데?"

"후후후, 잘 아는구나."

정영이 영문을 모르겠는지 묻자 이강이 대답했다.

"백족지적? 그게 무엇이오?"

"중독되면 사십구 일 후에 죽는 독이다. 닭 피로 만들었지."

"……."

정영이 여전히 무슨 말인지 몰라 어리둥절해하자 이강은 그 모습이 우스운지 킬킬댔다.

무명이 이강을 쏘아보며 대신 설명했다.

"흑소귀란 난쟁이가 도망치지 못하도록 닭 피를 속여서 먹였다는 뜻이오."

"닭 피를 먹었는데 왜 도망을 못 치는 거요?"

그쯤 되자 무명도 답답했다.

"닭 피를 독이라고 속였단 말이오."

"아아……."

정영은 그제야 사정을 알아차리고 감탄했다.

그때 이강이 기억을 읽었는지 갑자기 웃음을 싹 지우더니 양미간을 구겼다.

"…네놈도 닭 피를 이용했군."

"그렇소. 당신 수법을 따라 해서 심계를 써봤지."

"무슨 소리요?"

정영이 묻자 무명이 대답했다.

"남궁유와 싸울 때 닭 피로 속임수를 썼소."

무명은 부상을 입은 몸으로 어떻게 남궁유를 속여서 처치할 수 있었는지 설명했다.

얘기를 모두 들은 정영과 이강은 혀를 내둘렀다.

"말도 안 되오. 어떻게 그런 생각을 다……."

"네놈 심계는 정말 악독하기 그지없군. 사대악인? 네놈 앞에서는 민망한 소리군."

"망자를 속이는 데 수단 방법 가리지 않았을 뿐이오."

무명은 냉담하게 대답했다.

셋은 계속해서 족히 밥 한 끼 먹을 시간 동안 좁은 골목을 이동했다.

곧 이강이 걸음을 멈추더니 한 건물로 들어갔다.

건물 안은 어두침침한 것은 물론 퀴퀴한 냄새가 풍기는 것이 백홍루 같은 고급 기루와 하늘과 땅만큼 차이가 있었다.

강호인의 눈을 피해 음지에서 모이는 하오문에 왔다는 기분이 물씬 드는 장소였다.

이강은 계단을 통해 이 층으로 올라갔다.

그곳에는 백노괴가 팔이 부러진 사내를 한창 치료하고 있었다.

"칼."

백노괴가 옆으로 손을 내밀자 조수가 탁상에서 칼을 건

넸다.

조수는 다름 아닌 난쟁이 흑소귀였다.

"천."

이번에도 흑소귀는 백노괴의 명에 따라 재빨리 천 뭉치를 집어서 건넸다.

그 광경을 보자 피식 웃음이 나왔다.

청일이 무명을 납치한 뒤 망자비서 정보를 캐내기 위해 고용했던 난쟁이 흑소귀.

그때만 해도 고문 도구를 잔뜩 늘어놓고 무명을 위협하던 고문사 흑소귀가 지금 스승 백노괴의 명에 군소리 한마디 없이 빠릿빠릿 움직이고 있는 것이다.

약자에게 강하고 강자에게 약한 비굴한 모습. 그것이 난쟁이의 정체였다.

백노괴가 천을 칭칭 감아서 부러진 사내의 팔을 고정시켰다.

"크윽! 아프지 않게 하라고!"

"엄살부릴 거면 쌈박질을 하지 마라."

백노괴는 사내가 비명을 지르든 말든 신경 쓰지 않고 천을 단단히 동여맸다. 그리고 사내의 등을 탁 치면서 말했다.

"다 됐다. 가봐."

"고맙다. 돈은?"

"돈은 필요 없다. 대신 추후에 하오문의 일을 한번 도와라."

"알겠다……."

사내는 공짜 치료를 받았지만 백노괴가 하오문을 언급하사 썩 마음이 내키지 않는 눈치였다.

하오문과 관계있다는 소문이 나면 평판이 낮아져서 삼류 표국 일도 제대로 하기 힘드니, 그를 탓할 수만도 없었다.

사내가 계단을 내려가자 무명 일행이 백노괴에게 다가 갔다.

흑소귀가 이강을 보고 말했다.

"난 아무 데도 가지 않았소! 그러니 해독약을 주시오!"

"여기 있다."

이강이 품에서 작은 병을 꺼내 던졌다.

이강이 그에게 먹인 백족지적이란 독은 실은 닭 피다.

그러니 해독약이란 것도 정체가 불분명한 액체이리라.

하지만 흑소귀는 얼른 병뚜껑을 열고 입에 대어 벌컥벌컥 액체를 삼켰다.

그리고 그제야 살았다는 듯 크게 안도의 한숨을 쉬었다.

액체가 무엇인지는 이강만이 알리라…….

백노괴는 제자가 무슨 짓을 당하는지 조금도 신경 쓰지 않는 눈치였다.

그가 무명에게 말했다.

"죽지 않고 살아 왔군. 혹시 망자라도 된 것은 아니겠지?"

"왜? 망자가 됐다면 날 해부해서 실험하려고?"

"흘흘, 그놈 머리 회전 한번 빠르구나."

"당신이 말한 두 가지를 가져왔소. 하나는 고문사."

무명이 검지로 흑소귀를 가리켰다.

그리고 품에서 무언가를 꺼내며 말했다.

"다른 하나는 백령은침."

"……!"

백노괴를 포함해서 흑소귀와 정영도 긴장한 얼굴로 백령은침을 쳐다봤다.

백노괴가 잠시 백령은침을 유심히 살피다가 말했다.

"어른 손 한 뼘 길이에 머리카락만큼 가는 굵기. 표면에 난 수백 개가 넘는 요철(凹凸) 굴곡. 십 년 전에 봤던 백령은침이 확실하군."

"그럼 말한 대로 백령은침을 내게 시술해 주시오."

무명의 말이 끝난 순간 무명, 백노괴, 이강이 일제히 난쟁이 흑소귀에게 고개를 돌렸다.

흑소귀는 모두의 시선이 자신에게 고정되자 침을 꿀꺽 삼키며 말했다.

"왜 다들 나를 보시오?"

"백령은침을 시술할 자는 당신밖에 없으니까."

"그, 그건… 백령은침을 함부로 쓰는 자는 이매망량에게 반드시 죽임을 당한다는 소문이 있소. 나는 절대 못 하오!"

"이매망량이 그렇게 무섭소? 십여 년 전에 자취를 감췄다고 들었는데?"

"놈들은 귀신과 같아서 한번 비위를 거슬렀다가는 어느 날 밤잠을 자다가 목이 떨어질지 모른다고!"

"흐음, 그렇군."

더는 말로 겁박하기 귀찮아졌다.

무명은 탁자에 놓인 세검 하나를 집어 들었다.

그리고 세검을 세로로 세워 탁자에 대고 살짝 눌렀다.

쑤우욱.

얇은 검날이 오랜 시간 피와 물이 스며들어 단단해진 탁자의 결을 생선 배 가르듯이 째면서 깊숙이 박혔다.

"……!"

"시술을 하고 이매망량에게 죽든가, 아니면 지금 내 손에 죽든가 결정하시오."

"스승님! 저 대신 시술을 해주시면……."

"내 손꾸락들 날아간 것 모르냐? 흘흘."

흑소귀는 어처구니없게 스승에게 책임을 떠넘기려 했지만 백노괴가 검흔이 가득한 손바닥을 들어 보이자 할 말이 없는지 입을 다물었다.

곧이어 그가 땅이 꺼져라 한숨을 쉬며 말했다.

"알았소. 시술하겠소……."

잠시 후.

백노괴와 흑소귀 사제는 방 한가운데를 싹 비우고 탁자와 의자를 놓았다.

탁자에는 검날이 얇은 세검(細劍)과 짐승의 이빨처럼 톱니가 붙은 거치도(鋸齒刀) 등의 수술 도구가 잔뜩 놓였다.

갖가지 모양의 기괴한 검들은 수술 도구가 아니라 꼭 고문 도구를 보는 것 같았다.

그밖에도 펄펄 끓인 물 한 대야와 깨끗이 빤 흰 천 등이 준비되었다.

무명이 웃옷을 모두 벗은 뒤 의자에 앉았을 때, 정영이 걱정스러운 눈빛으로 말했다.

"마취 안 해도 괜찮겠소? 점혈을 하는 게 어떠오?"

흑소귀가 고개를 저으며 대답했다.

"마취도 점혈도 불가하오."

"왜?"

"백령은침은 뇌수를 파고드는 세침이오. 함부로 기혈을 막았다가는 주화입마에 들지 모르오."

흑소귀는 일단 시술을 마음먹고 수술 도구를 손에 들자 말투와 행동이 침착해졌다.

이매망량에 벌벌 떨던 조금 전과 비교할 때 마치 딴사람 같았다.

그때 이강이 뜻 모를 말을 꺼냈다.

"바둑이나 한판 둘까?"

"바둑?"

"촉나라의 명장 관우가 독화살에 맞았을 때 명의 화타가 상처를 수술했지."

이강의 얘기는 삼국연의에 실린 관우와 명의 화타에 대한 일화였다.

화타가 할 수술은 살을 가르고 뼈를 긁어서 독을 제거하는 것이었다.

그는 환자가 고통을 못 이기리라 여겨 몸을 묶으려 했으나, 관우는 이를 반대하더니 바둑판을 가져오게 했다.

곧 화타가 칼로 뼈를 긁는 소리가 울려 퍼졌다.

그러나 관우는 비명은커녕 꿈쩍하지 않고 태연히 상대와 바둑을 두었다는 고사였다.

"바둑을 두면 고통을 잊지 않겠냐?"

"헛소리는 집어치우시오."

"알았다, 후후후."

무명은 이강이 말도 안 되는 소리를 꺼낸 이유를 잘 알았다.

정영이 무명을 걱정하자 일부러 그녀를 놀리며 딴청을 피우는 것이었다.

"그럼 시작하겠소."

흑소귀가 무명의 뒤로 돌아가며 말했다.

"고개를 살짝 숙이시오."

무명이 그 말대로 하자 흑소귀는 날카로운 세검을 들어서 뒷덜미로 가져갔다.

그리고 빠른 손놀림으로 세검을 두 번 그었다.

주우우욱.

무명의 목뒤에서 붉은 열십자가 그려졌다.

"집게."

흑소귀가 옆으로 손을 내밀자 백노괴가 즉시 집게를 건넸다.

사제는 역할이 뒤바뀌었지만 손발이 척척 맞았다.

흑소귀가 집게로 열십자 모양의 상처를 벌리자 핏물이 주르륵 흘러내렸다.

백노괴가 천을 들고 핏물을 닦아서 제자의 시술에 차질이 없게 했다.

무명의 목뒤에 빼꼼히 나 있던 구멍이 또렷이 모습을 드러냈다.

뇌수까지 꿰뚫었을 백령은침의 흔적.

"그럼 침을 넣겠소."

흑소귀가 백령은침을 들더니 잠깐 뜸을 들였다.

무명이 단호하게 말했다.

"시술하시오."

"알았소."

후우우.

흑소귀가 길게 심호흡을 하더니 백령은침의 끝을 목 뒤의 구멍에 갖다 댔다.

정영이 어금니를 꽉 무는 것을 보고 이강이 말했다.

"굴곡이 많은 세침이다. 손 한번 잘못 놀려도, 숨 한 번 잘못 골라도 침은 어긋난다. 또 요철이 난 방향을 하나만 잘못 기억해도 침이 뇌수를 찌르고 파헤칠 거다."

그의 목소리는 먼저와 달리 싸늘하게 가라앉아 있어서 정영을 놀리는 것인지 아니면 다른 의도가 있는 건지 알 수 없었다.

흑소귀가 백령은침을 천천히 구멍에 밀어 넣었다.

쑤욱.

순간 눈앞으로 칠흑 같은 어둠이 밀려왔다.

무명은 정신을 잃었다.

사람들의 목소리가 들렸다.

"정말 괜찮은 것이오?"

"그래. 숨도 붙어 있고 기혈 흐름도 일정하다."

"시술도 문제없었소. 침의 요철을 정확하게 비틀어서 넣었소."

"그럼 왜 깨어나지 않는 거요?"

그때 무명이 눈을 번쩍 떴다.

이강, 정영, 백노괴, 흑소귀가 한참 대화를 나누다가 무명이
깨어나자 앞으로 몰려왔다.

"무명, 괜찮소?"

"…내가 얼마나 정신을 잃었소?"

"밥 한 끼 먹을 시간 정도? 시술도 방금 막 끝났소."

밥 한 끼 먹을 시간.

시술은 생각보다 비교적 짧은 시간에 끝났다.

무명은 손을 들어 목덜미를 더듬었다.

살갗이 열십자 모양으로 갈라져 있고 그 중앙에 뾰족한 침
의 끝이 만져졌다.

침 끝은 아주 조금만 튀어나와 있어서 잘 만지지 않으면 찾
기 힘들었다.

그 기다란 백령은침이 머릿속으로 모두 들어갔다니…….

만약 정영과 이강이 곁에 없었다면 흑소귀가 무슨 농간을
부렸다고 의심했으리라.

그때 이강이 물었다.

"기억은 어떻게 됐냐?"

"…기억?"

"지하 감옥에서 눈떴을 때부터 잊어버렸던 과거 기억 말
이다."

그랬다.

힘들게 백령은침을 찾아서 시술을 받은 것은 기억을 되찾

기 위해서였다.

하지만 무명은 힘없이 고개를 저었다.

"아무 기억도 안 나오."

"기억이 돌아오지 않았다고? 아무것도?"

"그렇소……."

무명이 멍한 눈으로 허공을 응시하며 대답했다.

그러자 이강이 난쟁이 흑소귀 쪽으로 고개를 돌렸다.

"네놈 무슨 수작을 부렸다면……."

"나, 난 침을 제대로 박았소! 정말이오!"

"침을 박는 수순이 다른 것 아니냐? 먼저 다른 준비를 해야 된다든가 말이다."

"내가 이매망량이 어떤 방법으로 시술을 하는지 어찌 알 겠소?"

억울하다는 듯 항변하는 흑소귀.

그가 거짓말을 하는 것 같지는 않았다.

그때 조용히 있던 백노괴가 입을 열었다.

"백령은침은 열쇠였을 뿐인가?"

"무슨 소리요?"

"백령은침 시술은 열쇠로 네놈 머리, 즉 자물쇠를 연 것 에 불과하다. 문이 활짝 열리는 것은 네놈에게 달렸다는 뜻 이지."

무명이 묻자 백노괴가 검지를 들어 자기 머리를 두드리며 대답했다.

"네놈 몸이 백령은침을 처음 시술받을 때와 똑같은 상태가 된다면 기억도 저절로 돌아올 거다."

"처음 시술받을 때와 똑같이……."

순간 무명은 어떤 생각이 떠올라 흠칫 놀랐다.

실은 지하 감옥에서 깨어날 때 잃어버린 것은 기억만이 아니라 하나가 더 있었다.

내공.

살수 조직의 세작으로 백령은침을 시술받을 때는 단전에 내공이 충만했으리라.

그렇다면…….

'흡성신공!'

그것이 기억을 되찾을 또 하나의 열쇠였다.

"사람 몸은 신기해서 한쪽만 손본다고 병이 낫지 않는다."

백노괴가 설명을 계속했다.

"머리가 아프다고 머리에 뜸을 놓으면 두통이 사라질까? 천만에. 마음에 울화가 있다면 심장에, 음식을 잘못 먹었다면 장에 약을 써야 하지."

그가 관자놀이를 손가락으로 두드렸다.

"기억은 혼백과는 다르다. 기억은 몸에 나이테처럼 새겨진 것. 백령은침을 박았으니 머리는 준비가 끝났다. 몸이 원상태로 돌아오면 잃어버린 기억도 저절로 돌아올 게다."

"……."

백노괴의 말은 의술을 모르는 자도 쉽게 이해할 만큼 상세했다.

그러나 무명의 마음은 더욱 무거워졌다.

과거 살수 조직에게 세작으로 세뇌되었다면 무공은 물론 내공심법을 익혔을 게 틀림없다.

몸이 원래 상태로 돌아가야 한다?

실전된 내공을 다시 예전 수준으로 끌어올려야 된다는 뜻이다.

그리고 그걸 위해서는…….

'흡성신공으로 내공을 흡수해야 한다.'

언제까지? 단전에 내공이 충만해질 때까지.

설마 이매망량은 그것까지 계산해서 기억과 내공을 지웠다는 말인가?

그러고 보니 소행자와 우수전의 내공을 흡수한 뒤로 신체에 변화가 일어났다.

격심한 두통과 함께 들리는 환청.

이어서 딱 한 번 봤을 뿐인 무공을 그대로 따라서 출수한다든가, 남궁유의 대화를 한 폭의 그림을 보는 것처럼 기억해 내는 등 괴이한 일이 끊임없이 뒤따랐다.

그 모든 것이 이매망량의 계획인가?

어이가 없을 정도로 소름 끼치는 계획.

대체 이런 계획을 꾸민 이유가 무엇일까?

무명이 침음한 채 입을 다물고 있을 때, 이쪽을 향해 고개를 돌린 이강의 표정이 무언가 의미심장했다.

내 생각을 읽었군.

무명은 생각했다.

어디까지 읽었을까?

적어도 무명이 흡성신공을 쓴다는 사실은 확실히 알았으리라.

아니나 다를까, 이강이 씨익 웃으며 말했다.

"억지로 무공을 익혀서 기분 나쁘냐?"

"…잘 아는군."

"당연하지. 나 역시 내 뜻대로 익힌 무공이 아니니까."

이강의 말은 뜻밖이었다.

그런데 이어지는 그의 말은 더욱 예상 밖이었다.

"사람을 죽이는 검. 하지만 전쟁에서 검으로 나라를 구하면 충신이 된다. 태평성세를 쓰는 붓. 그러나 왕에게 거짓 보고를 올려서 나라를 무너뜨리면 간신이 되지."

"……."

그의 말은 무척 의미심장했다.

흡성신공은 남의 내공을 빼앗는 극악무도한 무공이다.

하지만 이강의 말에 따르면 쓰기에 따라서 좋은 무공도 될 수 있다는 뜻이 아닌가?

그러나 크게 위로가 되지는 않았다.

"악인이 꺼내기 좋은 궤변으로 들리는군."

"좋을 대로 생각해라, 후후후."

백노괴가 한마디를 덧붙였다.

"신체는 짧은 시간에 바뀌지 않는다. 기억도 단번에 모두 돌아오지 않을 거다."

"그게 무슨 소리요?"

"시간을 두고 몇 번에 걸쳐서 돌아오지 않겠느냐는 말이다."

"언제쯤?"

"그거야 나도 알 수 없지. 시술자도 아닌데."

답답했다.

천신만고 끝에 백령은침을 수중에 넣어 시술을 받았는데 효과가 언제 나타날지 지금으로서는 알 수 없다고?

어쨌든 백노괴와 흑소귀 사제에게 신세를 진 것은 분명했다.

무명은 둘에게 포권지례를 올렸다.

"감사하오. 이번 일은 잊지 않겠소."

"흘흘, 은혜를 원수로 갚지 않는 걸로 족하다."

평소 제멋대로 의술을 베푸는 백노괴다운 대답이었다.

난쟁이 흑소귀는 복잡한 시술 탓에 진이 다 빠진 듯했으나 표정만은 앓던 이를 뺀 것처럼 시원해 보였다.

무명과 이강에게 더 이상 시달리지 않아도 되니 당연한 일이리라.

이강이 물었다.

"이제 뭘 할 생각이냐?"

"삼 일 뒤에 무림맹 회동이 있소. 그때까지 시간을 죽여야지."

"그거 좋구나. 술이나 진탕 퍼마시자."

"계속 붙어 있을 셈이오?"

"당연하지. 네놈 기억이 돌아올 때까지는 옆에 붙어 있는 것 말고 도리가 없지 않냐?"

"재수 옴 붙었군."

"네놈 내공만 는 게 아니라 혓바닥도 길어졌구나, 후후후."

이강은 무명이 입이 거친 것을 두고 슬쩍 흡성신공을 언급했다.

하지만 정영에게 일부러 알릴 생각은 없는지 거기서 말을 멈췄다.

무명, 이강, 정영은 백노괴와 훗날을 기약하며 건물을 나섰다.

물론 난쟁이 흑소귀는 훗날은커녕 꿈속에서도 무명과 이강을 보기 싫어하리라.

세 명은 도성 외곽에 있는 객잔에서 방을 빌렸다.

식사가 가능한 일 층으로 내려와 탁자에 앉자 짐소이가 쪼르르 달려왔다.

"헤헤, 손님. 뭘 드릴까요?"

"술 가져와. 금존청이 있나?"

"예에? 금존청이요?"

이강이 대뜸 금존청을 주문하자 점소이가 난감한 얼굴로 머리를 긁적였다.

중원에서 가장 비싸고 고급스러운 술 중 하나인 금존청이 평범한 객잔에 있을 리가 없었다.

"저어, 금존청은 없습니다만."

"그럼 두강주나 고정공주로."

그 둘도 비싸기는 마찬가지인 술이다.

"그것도 없습니다. 여아홍이나 죽엽청은 있는데 그걸로 가져올까요?"

그 둘 역시 앞서 말한 술들과 비교해서 격이 떨어지지 않는 고급주였다.

하지만 이강은 뭐가 불만인지 양미간을 구겼다.

"흥, 맨날 마시는 여아홍에 죽엽청. 싸구려 객잔은 이래서 문제라니까."

"마침 잡량주 다섯 동이 들어왔는데 그건 어떤지요?"

"됐으니까 그냥 백건아나 갖고 와라."

이강이 비아냥거리는데 뜻밖에도 정영이 두 눈을 반짝이며 끼어들었다.

"잡량주가 있다고? 당장 한 동이 갖고 오시오!"

"예에, 알겠습니다!"

호객 행위에 성공한 점소이는 혹시 손님이 마음을 바꿀까 봐 얼른 달려갔다.

곧 그가 작은 수박만 한 크기의 술동이 하나를 갖고 왔다.

이강이 여전히 성에 안 차는지 투덜거렸다.

"잡량주? 그건 무슨 놈의 잡술이냐?"

"잡량주는 사천이 자랑하는 명주요. 일단 한잔 마셔보시오."

중원의 술잔은 어른 손바닥 두 개를 합쳐놓은 둥근 접시 모양이다.

정영이 동이를 기울여 무명과 이강의 잔에 술을 가득 따르고 자기 잔에도 따랐다.

셋은 단숨에 술을 들이켰다.

"어떻소?"

"맛있소. 과연 사천의 명주라 할 만하오."

"이강, 당신 소감은?"

"나쁘지 않군. 아니다, 정정하지. 최고의 명주 중 하나로 손색이 없군."

방금 전만 해도 불평을 내뱉던 이강은 솔직히 자신의 잘못을 인정했다.

　　평소 언행이 시원시원한 이강다운 말이었다.

　　점창파는 사천 땅에 있다.

　　고향의 술이 칭송받자 정영이 들떠서 얘기했다.

　　"잡량주(雜糧酒)는 쌀, 찹쌀, 밀, 수수, 옥수수의 다섯 가지 곡식으로 빚어서 술은 투명하고 향기는 오래가오."

　　"게다가 목넘김은 부드러운데 뒷맛은 강렬한 게 마음에 드는군."

　　"잘 아는군. 바로 이게 사천의 술이오."

　　이강이 맞장구까지 치자 정영은 더욱 흥이 넘쳤다.

　　"좋은 술에는 안주가 있어야지. 점소이! 동파육을 갖고 와라!"

　　"잠깐. 사천 술을 마시는데 사천 안주를 먹어야 되지 않겠소?"

　　정영은 점소이가 오자 이강을 막으며 자기가 주문을 했다.

　　"사천 음식인 궁보계정을 가져 오시오."

　　"알겠습니다. 근데 저희 숙수가 사천 사람이라 매체구육도 잘합니다만."

　　"매체구육을 할 줄 안다고? 그럼 그것도 주문하지."

　　"예에, 감사합니다!"

음식이 나오는 동안 셋은 계속해서 술을 마셨다.

곧이어 점소이가 커다란 접시 두 개를 갖고 와 탁자에 놓았다.

"궁보계정과 매체구육 나왔습니다!"

매운 향내가 코를 찔렀다.

사천 땅은 바다와 멀리 떨어진 분지라 여름은 덥고 겨울은 춥다.

때문에 혹독한 날씨를 견디기 위해 음식에 고추, 파, 마늘, 화초 등의 향신료를 많이 써서 매캐한 향이 나는 게 특징이었다.

셋은 젓가락을 들고 음식을 먹기 시작했다.

궁보계정은 닭고기를 손톱 크기로 썬 다음 고추, 양파, 생강, 땅콩을 넣어서 술, 간장, 설탕, 식초에 볶는다.

매체구육은 채소 위에 가늘게 썬 돼지고기를 얹고 술, 간장, 화초 등의 양념으로 쪄낸다.

마파두부처럼 사천 땅을 대표하는 음식들.

무명이 매체구육을 크게 한 입 씹어서 삼키며 말했다.

"이건 맛있군!"

이강 역시 맛있게 먹는 듯했으나 투덜거림은 멈추지 않았다.

"맛있긴 하군. 한데 너무 맵다."

정영이 반박했다.

"모르는 소리! 잡량주에는 매운 사천 음식이 어울리는 법이오."

확실히 잡량주는 목 넘김이 부드러우나 도수가 높은지 마신 다음 술기운이 올라왔다.

도수가 센 독수에 매운 안주가 어울린다는 말은 일리가 있었다.

"동파육? 그런 달달한 음식만 먹으니 나약해 빠지지."

"강호 사대악인보고 나약해 빠졌다고?"

"아니면 군말 말고 먹으시오."

"후후후, 알았다."

셋은 다시 술잔을 들었다.

"건배!"

어느새 술동이가 바닥났다.

정영은 점소이를 불러서 술 두 동이를 더 시켰다.

계속해서 셋은 부어라, 마셔라 하며 술을 마시고 음식을 먹었다.

도수가 센 독주를 마시자 몸이 후끈 달아올랐고 매운 사천 음식을 먹자 콧속과 입술이 얼얼했다.

셋은 내친김에 남은 두 동이를 마저 가져오게 했다.

객잔에 모처럼 들어온 잡량주 다섯 동이가 강호인 세 명의 배 속으로 빠르게 사라졌다.

술자리 분위기는 더욱 뜨거워졌다.

정영이 무명에게 물었다.

"과거 기억 생각나는 것은 없소?"

"아직 없소."

"피 칠갑 꼴이 되면서 시술을 받았는데 얻은 게 없다니 허무하군."

"시간이 지나면 돌아오겠지."

그런데 정영이 이번에는 이강에게 고개를 돌리며 묻는 것이었다.

"당신은?"

"나? 뭐가?"

"과거 얘기 좀 해보시오. 안주 삼아 술 마시게."

"내 과거? 백노괴 놈이랑 있을 때 다 들었잖냐?"

"그거 말고 멸문시켰다던 사문 얘기 말이오."

정영은 두 눈이 없는 이강과 시선을 마주치려는 것처럼 빤히 들여다봤다.

흰 얼굴이 가을철 사과처럼 붉게 달아올라 있었다.

무명은 이강이 욕설을 내뱉으며 거절할 줄 알았다.

그런데 뜻밖에도 그가 고개를 끄덕이며 천천히 입을 여는 것이었다.

"나는 고아로, 부모 얼굴도 모른다. 이강(李剛)이란 이름도 누가 지어줬는지 모르지."

이강이 술을 한 잔 들이켜고 말을 이었다.

"고아였던 나를 한 문파의 장문인이 제자로 받아줬다. 문파 이름은 말해도 모를 거다. 사부는 내게 외공보다 내공심법을 익히게 하고 환약까지 먹였지. 내 내공 수위는 자연 빠르게 올라갔다."

"그럼 사문에 원한 가질 일은 없었지 않소?"

"더 들어봐라. 내공 수위가 올라갈수록 몸이 점점 이상해졌다."

"주화입마라도 걸렸소?"

"아니. 실은 사부가 내게 가르친 것은 사파의 독공이었다. 환약 역시 독이었지."

"그런 악독한……."

"그는 사파의 독공이 실린 비급을 구했는데 부작용이 두려워서 내 몸에 먼저 시험해 본 거였다. 나야 주워 온 고아였으니 죽든 말든 신경 쓸 일 없었겠지. 사부 말고 사모와 사매, 아니, 문파의 모든 자가 그 사실을 알면서도 내게는 감쪽같이 속였다."

충격적인 말에 무명과 정영은 말없이 듣기만 했다.

이강이 얘기를 계속했다.

"나는 사부의 흉계를 눈치채고도 몇 년간 사문에 머물렀다."

"왜? 당장 떠나지 않고?"

"무공을 익히고 내공을 쌓았지. 그래야 복수를 할 수 있으니까."

"……."

악독하다고 해야 될지, 인내심이 대단하다고 해야 될지.

"다행히 죽지 않고 내공심법을 완성시켰지. 나는 사문 사람들을 한 놈도 빠짐없이 몽땅 죽인 뒤 강호로 나왔다."

그는 천인공노할 말을 태연자약하게 내뱉었다.

"그런데 사부 놈이 정파 몇 군데와 연줄이 있었지 뭐냐? 정파 놈들과 싸우면서 강호를 떠돌다 보니 어느샌가 내게 강호 사대악인이라는 낙인이 찍혀 있더군."

"…그게 전부요?"

"그래. 그게 다다."

"하지만… 악을 악으로 갚는 것은 악이오… 끄윽!"

정영은 갑자기 술기운이 오르는지 트림까지 하며 이강을 책망했다.

"누가 뭐래? 나 악인 맞다니까?"

"아무리 그래도 사람이… 참으로 기구하오……."

그녀가 뜻모를 말을 중얼거리다가 천천히 고개를 조아리는가 싶더니 탁자에 머리를 박고 쓰러지는 것이 아닌가?

쾅당!

이어서 작게 코 고는 소리가 들렸다. 드르렁…….

독주에 속하는 잡량주 다섯 동이.

한 사람이 최소 한 동이 반을 해치운 것이다.

"들고 가서 방에다 팽개쳐라."

"사람을 짐짝처럼 말하는군."

"표국한테 짐짝은 귀중품이다. 사람은 그만도 못하다."

무명은 정영을 부축해서 이 층에 있는 방으로 향했다.

그런데 이강이 혼자 술잔을 기울이며 이렇게 말하는 것이었다.

"기구하긴 피차 마찬가지지, 후후후."

무명은 술에 취해서 잠에 빠진 정영을 방으로 옮겼다.

신발을 벗기고 침상에 눕힌 뒤 베개에 머리를 올리기 위해 청건을 벗겼다.

그러자 청수하면서도 여인의 부드러움이 엿보이는 이목구비가 드러났다.

가슴이 크게 뛰었다.

하지만 당랑귀녀의 일이 마음에 걸려서였을까?

무명은 결국 손을 뻗지 못한 채 잠시 그녀를 쳐다보다가 이불을 덮어주고 방을 나왔다.

다음 날.

무명이 눈을 뜬 것은 해가 중천에 뜬 점심때였다.

잡량주는 생각보다 독주였다.

내공을 흡수한 무명의 몸도 독주 한 동이 반의 술기운을 몰아내는 데는 시간이 꽤 걸렸던 것이다.

일 층으로 내려가자 마침 이강이 있었다.

정영은 전날 폭음한 탓에 숙취로 누워 있는지 방에서 나오
지 않았다.

둘은 점소이를 불러 점심을 시켰다.

그런데 이강이 밥반찬을 하겠다며 동파육을 시키더니 기름
지다면서 백건아까지 시키는 것이었다.

결국 둘은 대낮부터 해장술 술잔을 기울이게 됐다.

무명과 이강은 한마디 말도 없이 술을 마시고 동파육을 먹
었다.

어제 그렇게 떠들썩하던 술자리가 오늘은 삭막하기만 했
다.

"여인이 없으니 술맛이 안 나는군."

"정영은 여인 취급도 안 하더니 웬일이지?"

"뭐, 어쨌든 그렇단 말이다."

이강이 동파육 한 점을 입에 넣더니 젓가락을 팽개치고 자
리에서 일어났다.

"나갔다 오마."

"어디로?"

"어디긴? 여인들이 있는 곳이지, 후후후."

이강은 의미심장한 미소를 지어 보이고는 밖으로 나가 사라
졌다.

아마도 기루에 가려는 것이리라.

어차피 무림맹의 회동은 내일이니 그가 어디 가서 뭘 하든

상관없었다.

무명은 점심을 다 먹은 뒤 밖으로 나가서 거리를 한 바퀴 돌았다.

그리고 방으로 돌아와 침상에 누워 낮잠을 잤다.

잠깐 눈을 붙인 것 같았는데 잠에서 깨니 어느새 저녁때가 되어 있었다.

'이강은 돌아왔나?'

무명은 목도 축일 겸 일 층으로 내려갔다.

그런데 복도 구석진 곳에서 한 명의 인영이 그를 기다리고 있었다.

"오랜만이에요."

백설처럼 흰 얼굴과 붉은 입술.

복도의 어둠 속에서 눈부시게 빛나는 백의(白衣).

그림자는 다름 아닌 송연화였다.

"당신이 여기는 무슨 일로?"

"왜요? 제가 못 올 곳을 왔나요?"

"…그건 아니오."

무명은 침을 꿀꺽 삼키며 말했다.

"정영은 방에 있소. 불러올 테니 기다리시오."

그런데 송연화가 손을 들어 막는 것이었다.

"아니, 괜찮아요. 정영은 어차피 내일 무림맹 회동 때 만날 거니까."

"그렇긴 하군."

무명은 고개를 끄덕이면서 다른 생각을 했다.

그녀 말대로 어차피 모두 내일 회동 때 만날 것이라면 객잔에는 왜 온 것일까?

셋의 행방을 알아내는 게 쉽지는 않았을 텐데?

"밖에 나가서 좀 걸을까요?"

"좋소……."

둘은 객잔 밖으로 나와 거리를 걸었다.

거리는 어느새 해가 떨어진 지 오래되어 어두워지고 있었다.

상인들은 가게 문을 닫고 있었고 어디선가 개 짖는 소리가 들렸다.

"여기 말고 부용림으로 가죠."

부용림(芙蓉林)은 도성 서쪽의 숲에 있는 작은 연못이다.

대나무 숲 한가운데에 연꽃이 가득 떠 있는 연못이 있으니, 남녀가 주로 찾아와서 애정을 속삭이는 장소였다.

그런데 지금 부용림으로 가려면 도성 외곽의 성문을 지나가야 했다.

무명이 물었다.

"곧 밤이 되오. 성문이 닫히면 어쩌려고?"

그러자 송연화가 눈웃음을 흘리며 되묻는 것이었다.

"남궁유를 이긴 사내가 성문 경비 따위를 신경 쓰나요?"

…하긴 그 말도 맞았다.

무명과 송연화는 거리를 떠나 부용림으로 향했다.

숲은 대나무가 빼곡히 서 있어서 어두웠으나 내공을 흡수한 터라 쉽게 사물을 분간할 수 있었다.

곧 둘은 숲 한가운데 있는 부용림에 도착했다.

앞서가던 송연화가 몸을 돌리며 물었다.

"남궁유 얘기 좀 해주세요. 망자인 걸 어떻게 알아차렸죠?"

그 말을 듣자 속이 뜨끔했다. 남궁유보다 먼저 송연화를 망자라고 의심했었으니까.

"남궁유가 말실수를 했소."

무명은 남궁유가 어떻게 태자를 언급하며 실수했는지 사정을 설명했다.

송연화가 피식 미소를 지으며 남궁유를 비웃었다.

"남궁유는 예전부터 그랬어요. 무공은 대단하지만 겉모습을 꾸미는 데 정신이 팔려 정작 중요한 걸 놓치곤 했죠."

"그러고 보니 남궁유가 어려서부터 당신과 알던 사이라고 하던데?"

"그래요. 하지만 이제 망자가 돼서 죽었으니 제가 알 바 아니죠."

"그렇군……."

무명은 작게 고개를 끄덕였다.

갑자기 송연화가 허리춤에서 검을 뽑아 들었다.

스릉!

"남궁유는 아미파의 난피풍검을 수련했어요. 하지만 그녀는 멋을 내느라 연검을 애병으로 썼죠."

그녀가 말이 끝나기 무섭게 검으로 허공을 찔렀다.

파파팟!

달빛을 받아 반짝이는 고검(古劍)이 세 차례 허공에 검광을 그렸다.

무명은 두 눈을 번쩍 떴다.

송연화가 출수한 검로가 주작호에서 남궁유가 공격을 가했던 난피풍검의 수법과 일치하는 것이 아닌가?

휘이잉!

검이 만들어낸 검풍(劍風)이 숲을 지나가자 대나무들이 부르르 떨며 잎이 소리를 냈다.

파르르륵.

송연화가 무명에게 고개를 돌리며 말했다.

"이건 난피풍검을 흉내만 낸 거라 남궁유와 비교하면 채 일성(一成)도 안 될 거예요. 그런데 위력이 어떻죠? 제대로 된 검을 쓰면 난피풍검의 위력은 감히 무당과 화산의 검법을 능가할 수 있어요."

"남궁유가 쓰는 연검이 난피풍검의 위력을 감소시킨다는 뜻이오?"

"맞아요."

송연화가 고개를 끄덕였다.

확실히 남궁유의 연검은 패도적인 난피풍검과 어울리지 않는 감이 있었다.

만약 그녀가 정상적인 검을 썼다면 지하실에서 더욱 처참한 꼴로 일패도지했으리라.

그런데 송연화는 남궁유의 자만심을 지적하는 데 그치지 않았다.

"내친김에 난피풍검의 파훼법을 가르쳐 줄게요."

"……."

무명은 더 이상 남궁유와 싸울 일은 없다고 말하려다가 입을 다물었다.

난피풍검의 파훼법?

알아두어서 나쁠 일은 없을 것이다.

"자, 검을 뽑아요."

"나는 검이 없소."

"아아, 당신은 서생이었지."

"서생? 나는 황궁의 환관이오."

"환관이 아니라는 건 당신을 처음 볼 때 이미 알고 있었어요."

"어떻게?"

"당신이 세작이란 걸 눈치챘죠. 그런데 세작이 무엇 하러 일부러 양물을 자르고 환관이 되겠어요? 정체를 속이고 환관인 척하면 그만인데."

"당신이 궁녀인 것처럼 말이오?"

"잘 아는군요. 하아, 검이 없으니 어떡한다?"

송연화가 눈썹을 찡그리다가 무슨 생각이 났는지 검을 들어 대나무를 하나 베었다.

그녀가 대나무의 위아래를 자르고 가지를 베어낸 뒤 무명에게 던졌다.

"그걸 검이라고 생각하세요."

"진검 상대로 대나무라고? 불공평하군."

"사내라면 미리 준비를 해두었어야죠. 그럼 시작할게요."

팟!

송연화가 몸을 반전하며 검을 찔렀다.

무명은 검로에 반응해서 대나무를 들어 막았으나 그녀의 검 끝은 이미 코앞까지 와서 멈춘 뒤였다.

"당신은 지금 일초에 죽었어요."

"인정하지."

"난피풍검을 정면으로 맞서면 안 돼요. 검초를 막거나 역공하겠다는 생각을 버리고 이렇게……."

송연화가 무명의 팔꿈치를 잡고 움직여서 대나무의 방향을 수정했다.

"이렇게 검을 비껴서 내지르면 먼저 손목을 자를 수 있어요."

그녀의 수법은 확실히 난피풍검의 약점을 파고드는 것이었다.

"하지만 내공이 약하면 검과 검이 스치는 순간 팔이 튕겨 나갈 거예요. 결국 난피풍검의 위력은 검초에도 있지만 내공 수위의 고강함에 있다는 뜻이죠."

"잘 알았소."

무명은 고개를 끄덕였다.

그러다가 무슨 생각이 떠올랐는지 말했다.

"실은 난피풍검보다 더욱 알고 싶은 것이 있소."

"뭐죠?"

"곤륜파 무공의 파훼법이오."

"뭐, 뭐라고요?"

송연화가 어리둥절한 눈으로 무명을 쳐다봤다.

"지금 한 말 농담이죠?"

"진담이라면?"

"하하하! 곤륜파는 중원과 멀기 때문에 강호인에게 생소해서 무적이에요!"

그녀가 어이없다는 듯이 웃음을 터뜨렸다.

미녀의 낭랑한 웃음소리가 부용림의 대나무 숲에 울려 퍼졌다.

그때 무명이 한마디 말을 내뱉으며 송연화를 향해 몸을 날렸다.

"그럼 더욱 지금 알아둬야겠군."

팟! 무명이 송연화의 양미간을 향해 대나무를 찔렀다.

끝이 비스듬하게 잘려서 날카로운 대나무의 첨단이 쾌속하게 날아왔다.

하지만 송연화는 이내 피식 미소를 지었다.

쾌속한 일초이긴 하나 내력이 전혀 담겨 있지 않아서 무명이 해칠 마음이 없다는 게 뻔히 보였기 때문이다.

송연화는 미소를 띤 채 몸을 회전해서 대나무를 피했다.

그 바람에 무명은 허공을 찌르며 뒤로 날아가는 꼴이 되었다.

그런데 순간 무명이 발을 뻗어 대나무를 걷어찼다.

탁!

동시에 반탄력을 얻어서 몸을 반전시키며 송연화에게 날아들었다.

잘 휘어지는 대나무를 발로 딛고 방향을 바꾼 수법.

바로 곤륜파의 운룡대팔식을 흉내낸 것이었다.

송연화가 깜짝 놀라며 검을 들어서 막았다.

탁!

검과 대나무가 서로 교차하며 맞부딪쳤다.

그 바람에 무명과 송연화는 서로 숨결이 닿을 만큼 바싹 붙어버리고 말았다.

둘은 가슴을 맞대고 잠시 서로의 눈을 응시했다.

곧이어 송연화가 눈을 잔뜩 흘기며 말했다.

"반칙이군요. 곤륜 무공을 파훼한다면서 곤륜의 수법을 흉내 내다니."

"결투에서 반칙이란 없소. 승자와 패자만 있을 뿐."

"이게 결투였으면 당신 목은 벌써 땅에 떨어졌어요."

그러자 무명이 대나무를 비틀어서 송연화의 손목을 자신의 팔과 대나무 사이에 끼도록 만들었다.

"그 전에 금나수를 써서 당신 팔을 부러뜨렸을지도 모르지."

"헛소리! 내 검이 더 빨라요."

"내 손이 더 빠르오."

"설령 내 검이 느리더라도 팔 하나 부러지고 목을 벤다면 손해 보는 장사는 아니죠."

"그래서 내 목을 벨 생각이오?'

"하하하, 농담이에요. 내가 그럴 이유가 없……."

그녀는 더 말을 잇지 못했다.

무명의 입술이 송연화의 입술을 꽉 막으며 덮였기 때문이다.

두 남녀는 서로를 끌어안고 길게 입을 맞췄다.

사아아악……

부용림의 대나무 숲이 바람에 흔들리며 날카로운 소리를 냈다.

짧지만 영원 같은 시간이 흘렀다.

어느 순간 송연화가 입술을 뗐다.

그리고 살짝 무명을 밀어내며 말했다.

"이제 돌아가야 돼요."

"왜? 뭐가 어때서?"

"내일 중요한 회동이 있잖아요."

송연화가 뒤로 한 걸음 물러서며 검을 검집에 꽂았다.

그런 다음 몸을 돌려 숲길을 돌아가기 시작했다.

무명은 조용히 그녀의 등을 보며 따라 걸었다.

그때 송연화가 뒤를 보며 말했다.

"천하가 무너지는 한이 있어도 저는 당신 편이에요. 당신도 그런가요?"

"…물론이오."

"기뻐요."

그녀가 수줍게 말했다.

무명은 그것으로 일이 무척 잘되었다고 생각했다.

다음 날이 되었다.

잠에서 깬 무명은 세수를 한 뒤 방에서 나왔다.

아직도 꿈속을 헤매고 있는 것처럼 어제 부용림에서 있었던 일이 머릿속을 빙빙 맴돌았다.

그런데 일 층으로 내려가는데 언제 돌아왔는지 이강이 팔짱을 낀 채 벽에 기대어 서 있었다.

그가 씨익 웃으며 말했다.

"이거 봐라? 아주 몸도 마음도 몽땅 내주었군."

"……."

"그년 생각이 뭔지 도통 못 읽겠으니 조심하라고 말했을 텐데?"

"송연화가 망자라는 뜻인가?"

"그건 모르겠다. 하지만 보통 년이 아냐."

"잘 모르면 남 일에는 신경 끄시지."

"그렇게 하마. 남의 운우지정에는 참견하지 말아야겠지, 후후후."

그때 정영이 일 층으로 내려왔다.

"모두 서두르시오. 무림맹 회동에 늦겠소."

"정영, 이제 좀 괜찮소?"

"난 괜찮아요."

무명이 숙취에 시달린 정영을 걱정하며 물었지만 돌아온 것은 무덤덤한 대답뿐이었다.

술에 취했을 때만 해도 한껏 들뜬 모습을 보이던 그녀는 어느새 평소 무뚝뚝하던 모습으로 돌아와 있었다.

정영이 먼저 객잔을 나서자 이강이 슬쩍 한마디 했다.

"화화공자 같은 놈."

"그 입 닥치시지."

화화공자(花花公子), 꽃과 꽃 사이를 거니는 공자라는 뜻. 즉, 바람둥이란 말이다.

이강은 정영에게 마음이 있는 무명이 어젯밤 송연화와 함께 나간 일을 두고 바람둥이라며 놀리고 있는 것이었다.

셋은 먼저 제갈성이 정해둔 객잔으로 향했다.

만련영생교를 척결하기 위한 회동.

하지만 무림맹의 세가 예전 같지 못하니 제갈성이 준비할 수 있는 것은 한계가 있으리라.

그런데 객잔에는 뜻밖의 인물이 셋을 기다리고 있었다.

4장.

대회동(大會同)

셋은 무림맹 회동이 열리는 객잔에 도착했다.

객잔에는 안광이 빛나는 점소이들이 고개를 숙인 채 복도를 오가고 있었다.

점소이로 변복한 무사들의 눈빛은 이전보다 더욱 예사롭지 않았다.

오늘 무림맹의 회동에 어떤 불청객도 들이지 않겠다는 각오가 엿보였다.

셋은 복도를 돌아 방으로 들어갔다.

허름한 객잔에 비해 비교적 크고 넓은 방.

그런데 기다란 탁자 주위에 놓인 의자의 숫자가 지난번보다 더욱 늘어나 있는 것이 아닌가?

그것이 뜻하는 것은 하나였다.

제갈성이 중원 무림의 또 다른 고수들을 부른 것이리라.

아니나 다를까, 방에 모여 있는 인물들 중 처음 얼굴을 대하는 자들이 몇몇 있었다.

그들은 모두 네 명이었는데 하나같이 은은한 안광을 뿜어내고 있는 것으로 보아 명문정파의 고수임이 분명했다.

그런데 네 고수의 면면이 특이했다.

한 명은 회색 승복을 걸치고 승모를 쓴 비구니, 즉 여승(女僧)이었다.

다른 세 명은 모두 짙은 녹청색 옷을 걸친 것으로 보아 같은 문파인으로 보였다.

특히 세 명은 눈빛이 유난히 형형하고 날카로워서 주위에 어두운 기운을 퍼뜨리고 있었다.

무명은 재빨리 방에 모인 인원과 의자의 숫자를 세어보았다.

의자는 모두 열여덟 개였다.

반면 방에 모인 자들은 제갈성, 창천칠조 네 명, 진문을 포함한 소림승이 여섯 명, 그리고 새로운 인물이 네 명이었다.

거기에 무명과 이강을 더하면 모두 열일곱 명.

그럼 의자가 하나 남는다.

아직 참석할 자가 한 명 더 있다는 뜻.

과연 그가 누구일까?

그때 누군가가 방으로 들어왔다. 마지막 남은 의자에 앉을 최후의 일인.

그런데 그는 무명과 이미 안면이 있는 자면서 동시에 지금 자리에 참석하리라고는 전혀 짐작하지 못했던 자였다.

순간 창천칠조와 소림승들이 일제히 최후의 일인을 향해 포권지례를 올렸다.

척!

"제자들이 맹주님을 뵙습니다!"

이마에 계인을 찍고 황색 장삼과 붉은 가사를 걸친 인물.

그는 현 무림맹의 맹주이며 소림사 방장인 무혜 대사였다.

"모두 앉으시지요."

무혜의 언행은 먼저 소림사에서 봤을 때와 같이 자애롭고 부드러웠다.

무림의 태산북두인 소림사의 방장이며 무림맹주를 맡고 있는 그는 겉으로 보기에는 평범한 절의 고승(高僧)으로 보였다.

그러나 그가 무명과 이강에게 고개를 돌리자 서서히 전해지는 기도(氣道)가 보는 이들을 압도하게 만들었다.

"두 시주분도 안녕하신지요?"

"방장님, 오랜만에 뵙습니다."

무명은 깊이 고개를 숙이며 예를 보였다.

하지만 이강은 여전히 삐딱하니 대꾸하는 버릇을 감추지 못했다.

"누가 왔나 했더니 소림 땡초로군. 그래, 망자 떼가 창궐하는데 소림사를 비워두고 돌아다녀도 되는 거냐?"

"아미타불. 그러니 더욱 중생들을 구제해야 되지 않겠습니까?"

무혜는 그답게 이강의 비아냥을 넘겨 버렸다.

"모두 자리에 앉으시지요."

그가 상석에 앉자 다른 자들도 의자에 앉았다.

제갈성이 무혜를 보며 말했다.

"맹주님, 새로 오신 분들이 있으니 다른 분들께 먼저 소개를 드리겠습니다."

"그리해야죠."

"여기 계신 분은 아미파의 정결사태(靜潔師太)이십니다."

그가 처음 소개한 자는 여승이었다.

"처음 뵙겠소. 정결사태요."

냉혹하리만큼 간단한 인사.

정결사태는 청렴한 회색 승모와 승복을 걸친 것처럼 얼굴에도 아무 표정이 없었다.

마치 청수한 서생 같은 모습.

만약 허리춤에 차고 있는 검 한 자루가 없다면 모르는 이들은 그녀를 강호인이 아니라 명망 높은 비구니로 착각하리라.

그런데 말수가 짧은 그녀가 한마디를 더 보탰다.

"남궁유는 내 속가제자였소."

그 말에 몇몇 사람들의 시선이 한 인물에게 고정되었다.

바로 무명이었다.

무명은 삼 일 전 모임에서 망자가 된 남궁유를 자기 손으로 처치했다고 밝혔다.

그런데 남궁유의 사부가 오늘 자리에 참석해 있는 것이다.

세상에 어느 사부가 제자의 목을 벤 원수를 그냥 놔두겠는가?

일촉즉발의 상황.

그때 정결사태가 말을 이었다.

"남궁유는 망자가 되어 사문을 배신하고 가문의 이름을 더럽혔소. 무림맹이 그녀를 처단한 것은 매우 잘한 일이오."

그녀는 그 말을 끝으로 입을 다물었다.

또한 무명 쪽으로는 한 번도 시선을 주지 않았다.

얘기만 들었을 때 정결사태는 남궁유가 죽은 것은 선석으로 그녀 탓이니 책임을 묻지 않겠다고 밝힌 것이나 다름없었다.

하지만 과연 그럴까?

무명은 왠지 꺼지지 않은 불씨가 남은 듯한 기분이 들었다.

제갈성이 다음으로 같은 문파인 세 명을 소개했다.

"이쪽은 사천당문에서 오신 당문삼독입니다."

담담한 목소리. 그러나 그 내용은 얼음처럼 싸늘했다.

사천당문은 사천 땅을 대표하는 명문가이며 특히 독과 암기에 정통하기로 유명하다.

그런데 강호인은 독과 암기를 쓰는 것을 꺼리게 마련이니, 사람들은 사천당문의 실력은 인정해도 중원 무림의 음지 취급을 하는 게 보통이었다.

그 사천당문에서 무림맹에 고수 세 명을 파견한 것이다.

그것도 별호가 당문삼독(唐門三毒).

별호만으로 분위기를 얼어붙게 만드는 자들은 사파인 중에서도 몇 명 안 되리라.

당문삼독이 좌중을 향해 포권지례를 하며 한 명씩 이름을 밝혔다.

"무림맹의 영웅호걸분들께 인사드립니다. 당문의 당백기입니다. 당호의 삼촌이죠."

처음 이름을 밝힌 남자는 조카인 당호처럼 성정이 좋아 보였다.

하지만 다음 두 인물은 전혀 딴판이었다.

"당청이에요."

짙은 녹청색 두건을 깊이 눌러쓰고 있어서 몰랐는데 당문 삼독 중 한 명은 여자였다.

당청의 목소리는 지극히 낮고 싸늘해서 인사를 하는 건지 결투에 앞서 통성명을 하는 건지 알 수 없을 정도였다.

마지막 인물은 뜻밖에도 당씨 성이 아니었다.

"소극상이오."

그의 말투는 당청처럼 냉랭하기 그지없었다.

그때 당백기가 끼어들며 말했다.

"청아와 극상은 부부지간입니다."

그 말을 듣자 이해가 됐다.

사천당문은 독과 암기술의 비전을 가문 사람들에게만 전하게 한다.

다른 성씨가 사천당문의 일원이 되려면 당문 사람과 결혼하는 방법 외에는 없었다.

즉, 소극상은 데릴사위로 당청과 혼인한 것이리라.

새로 온 네 인물이 인사를 끝냈다.

하지만 안면은 있어도 정식 소개를 하지 않은 자들이 남아 있었다.

진문이 입을 열어 자신들을 소개했다.

"저와 사제들입니다. 소림사 나한당에 있습니다."

"아미타불."

진문의 옆에 앉은 다섯 명의 젊은 소림승이 반장을 하며 고개를 조아렸다.

소림사 나한당의 승려.

진문을 포함한 그들은 바로 나한당의 십팔나한이었다.

마지막으로 제갈성이 무명과 이강을 보며 눈짓했다.

"무명이오."

무명은 한마디 말로 인사를 끝냈다.

과거 기억이 없으니 소개할 말이 없었다.

게다가 더 이상 황궁에 들어갈 수 없으니 가짜 신분도 사라진 셈이었다.

그렇다고 '무명'이 진짜 이름도 아니었다.

이어서 이강이 오만하게 턱을 치켜올리며 말했다.

"내 이름은 이강이다."

"……."

이강을 보는 좌중의 분위기가 싸늘했다.

적월혈영 이강. 강호의 사대악인 중 하나.

하지만 다들 매서운 눈빛으로 노려보면서도 다른 말은 꺼내지 않았다.

제갈성이 그들에게 이강이 잠시 무림맹의 일을 돕고 있다는 얘기를 이미 했으리라.

"그럼 회의를 시작하겠소."

그때 이강이 제갈성의 말을 자르며 끼어들었다.

"구파일방과 오대세가에서 한 놈씩만 와도 열다섯 놈. 한데 지금 여기 서생과 나를 빼면 열여섯이군."

"무슨 소리요?"

"열다섯보다 한 놈이 더 많이 모였으니 현 무림맹의 위세가 참으로 대단하다는 말이다, 크크크!"

좌중은 아무도 말을 꺼내지 못했다.

아미파 정결사태와 당문삼독을 제외하면 모두 소림 방장보다 항렬이 낮았으니, 그가 가만히 웃고 있는 이상 함부로 끼어들 수 없었기 때문이다.

또한 이강이 비꼬는 게 사실이기도 했다.

중원이 위기에 처했는데 무림의 삼대문파에 꼽히는 무당과 화산은 무림맹에서 빠졌다는 이유로 코빼기도 안 비치지 않았는가.

사정이 그러니 다들 이강을 사납게 노려볼 뿐, 반박하지 못했던 것이다.

제갈성이 그를 무시하며 말을 이었다.

"진문, 시작하게."

"예. 저희 십팔나한은 낙양과 개봉을 조사한 뒤 주작호를 정찰했습니다."

그 말에 무명은 깜짝 놀랐다.

망자 떼가 창궐한 주작호를 어떻게 정찰했다는 거지?

진문이 사제 중 한 명을 보며 말했다.

"진명, 말씀드려라."

"예. 주작호의 망자 떼는 만련영생교라는 사교 집단이 이끌고 있습니다."

진명은 여섯 명의 십팔나한 중에서도 가장 앳돼 보여서 아직 약관의 나이가 안 된 것은 물론 가장 막내로 보였다.

그가 하는 얘기는 무명이 아는 것과 별반 다를 게 없었다.

하지만 들으면 들을수록 놀라웠다.

시황이란 자가 만련영생교를 거느리고 있으며 망자들이 그의 명령에 따라 움직인다는 등, 진명이 수집한 정보는 주작호의 중심에 잠입하지 않았으면 절대 알 수 없는 것들뿐이었다.

'십팔나한 중에서도 특수한 능력의 소유자겠군.'

무명은 그렇게 짐작했다.

진명의 보고가 끝나자 진문이 말을 이었다.

"문제는 주작호를 배회하던 망자 떼가 다음 날 아침 감쪽같이 모습을 감췄다는 것입니다."

"뭐라고?"

아미파 정결사태가 양미간을 찡그리며 물었다.

"망자는 죽은 자가 되살아난 것이라 알고 있는데 설마 악귀처럼 모습을 감추었다는 말인가?"

"그건 아닙니다. 시황이란 자가 망자 떼를 이끌고 어딘가에 숨은 것 같습니다. 그게 아니면 망자 떼는 원래 통제가 안 되는 터라 어둠 속을 계속 방황했을 겁니다."

정결사태의 표정이 매서웠으나 진문은 그답게 담담히 대답했다.

그때 제갈성이 무명을 보며 말했다.

"무명, 그들이 어디에 있을 것 같소?"

좌중의 시선이 대번에 무명에게 쏠렸다.

그들의 눈빛이 이채를 띠었다.

지금 자리에 있는 자들은 제갈성의 연락을 받고 무명의 존재를 익히 알고 있었다.

명문정파의 인물은 아니지만 환관 신분을 갖고 있는 터라 무림맹에게 귀중한 정보를 전해다 주는 세작.

특히 십팔나한 다섯 명, 정결사태, 당문삼독은 소문만 들었던 환관 세작이 얼마나 대단한지 궁금해하는 기색이 역력했다.

"두 가지 가능성이 있소."

무명이 천천히 입을 열었다.

"하나는 망자들이 산 자처럼 행동하면서 사람들 틈에 섞여 있는 방법이오."

"살아 있는 사람들 속에 섞여 있다고? 금방 구분할 수 있을 텐데?"

정결사태가 재차 질문을 던졌다.

"죽은 지 오래 지나서 망자가 된 경우가 아니라면 쉽게 구분하기 힘듭니다. 또한 어떤 망자들은 생전의 기억을 갖고 있어서 이전과 하나도 다를 게 없이 행동하죠."

무명이 예를 갖춰서 대답했다.

그러나 그의 마음속에는 꺼내지 않은 말이 있었다.

'바로 당신 제자 남궁유처럼.'

아미파는 사천 땅에 있다.

사천에서 중원의 수도인 북경까지 오려면 몇 주일이 족히 걸린다.

정결사태는 아마도 삼 일 정도 걸리는 지방에 있다가 무림맹의 전갈을 받고 급히 도성으로 향했으리라.

그 이유는 하나였다.

제자가 죽었다는 소식을 들었으니까.

그녀가 냉랭한 눈빛으로 쳐다봤으나 무명은 신경 쓰지 않고 말을 계속했다.

"하지만 살이 썩어 문드러지는 망자가 하나둘이 아니니 사람들 틈에 모두 섞이기는 불가능하오."

"그럼?"

"다른 하나의 가능성은 지하로 숨어들었다는 것이오."

"황궁 밑에 있는 지하 도시 말이오?"

"그렇소."

역시 제갈성은 머리 회전이 빨라서 얘기하기 쉬웠다.

황궁 밑 지하 도시를 잠행해 봤던 당호가 말을 꺼냈다.

"놈들이 한군데로 모였다면 일이 더욱 쉬워졌군요. 지하 도시의 지리는 무명이 훤히 꿰고 있으니 언제라도 잠행할 수 있습니다."

그러나 무명은 고개를 저으며 당호의 말을 반박했다.

"그 말은 맞지만 하나 잊은 게 있소."

"네?"

"지하 도시에 수천 명이 넘는 망자 군대가 있다는 사실을 잊었소?"

"……!"

그제야 당호도 사태의 심각성을 깨닫고 침음했다.

"시황이란 자는 스스로 망자들의 황제를 칭하고 있소. 만약 시황이 그들을 손아귀에 넣어서 조종한다면 만련영생교의 세는 몇 배 이상 불어날 것이오."

방의 분위기는 찬물을 뒤집어쓴 것처럼 조용해졌다.

그때 누군가가 표독스러운 목소리로 말했다.

"망자 군대? 우습군!"

말을 꺼낸 자는 당문삼독의 당청이었다.

"망자는 전염병이다. 싸울 게 아니라 박멸해야지."

황궁 밑 지하 도시에 있는 수천 명의 망자 군대.

시황이 그들을 손에 넣으면 망자의 수는 걷잡을 수 없게 불어날 것이다.

그러나 누군가가 코웃음을 치며 말했다.

"망자 따위를 두려워하나? 망자는 전염병을 퍼뜨리는 해충이니 박멸하면 그만이다."

표독스러우면서 오만방자한 말투.

바로 당문삼독의 여걸인 당청이었다.

무명에게 쏠렸던 좌중의 시선이 당청에게 향했다.

당문삼독과 정결사태를 제외하면 모두 망자의 무서움이 어느 정도인지 경험한 뒤였다.

때문에 당청에게 향하는 눈빛에는 동감의 뜻은 없고 냉랭하기만 했다.

하지만 당청은 그걸 아는지 모르는지 자신의 뜻을 굽히지 않았다.

"네가 최근 무림맹이 부렸다는 세작이냐?"

그녀가 무명을 보고 물었는데, 하대하는 것은 물론 대놓고 세작임을 업신여기는 투였다.

"…그렇소."

"망자에 대해 그리 잘 안다지? 하면 묻겠다. 망자를 상대해서 무엇으로 싸웠지?"

"검과 무공, 그리고 심계요."

"아하하하! 검, 무공, 심계? 망자 따위에게 무림맹이 휘둘린 것도 당연하군!"

당청은 한바탕 소리 높여 웃더니 소림 방장 무혜와 정결사 태에게 포권지례를 했다.

"방장과 사태께 실례를 저질렀군요."

"아닙니다. 계속 말씀하시지요."

잠깐 예의를 지키던 당청은 무혜가 허락하자 다시 앙칼진 목소리로 무명을 책망했다.

"듣자 하니 망자는 목과 사지를 베어도 혈선충이 나온다면 서?"

"그렇소."

"그럼 무작정 검으로 베는 것은 오히려 혈선충에 감염될 위험이 크겠군?"

"일리 있는 말이오."

"또한 망자는 목뒤에 있는 심맥을 가르지 않는 한 죽지 않는데, 그 심맥의 위치가 사람마다 달라서 일검에 죽이기 쉽지 않다고?"

"맞소."

"그럼 무공으로 망자를 제압했다고 생각했을 때 망자가 덮쳐 오면 피하기 힘들겠군?"

"확실히 그렇소."

무명은 당청의 다그침에 계속 고개를 끄덕일 수밖에 없

었다.

그녀는 당호에게 들었는지 망자 정보가 해박해서 하는 말마다 무명의 정곡을 찔렀기 때문이다.

"마지막으로 심계라고? 하긴, 세작이 심계를 **빼놓으면** 허수아비나 마찬가지겠지."

"……."

당청이 싸늘한 눈빛으로 비웃었으나 무명은 침음할 뿐 반박하지 못했다.

그때 당호의 삼촌인 당백기가 끼어들었다.

"누님, 그만하시죠. 처음 보는 자를 너무 몰아세우시는 것 아닙니까?"

누나인 당청과는 전혀 딴판인 사람 좋은 목소리.

하지만 당백기 역시 날카롭고 오만하기로 소문난 사천당문의 인물이었다.

그가 시선을 돌려 흘깃 무명을 보며 말했다.

"강호의 전투가 어떤 건지 알 리가 없잖아요. 그래 봤자 고작 환관 세작인데."

그의 말은 논리적으로 꼬집던 당청보다 오히려 더욱 무명을 비웃는 것이었다.

당청이 무혜와 제갈성을 번갈아 보며 말했다.

"이번 일은 우리 당문에게 맡기시죠. 지하 도시에 숨은 망자들은 독 안에 든 쥐입니다. 독 속에다 독을 풀면 그만입니다."

"당문을 믿겠습니다. 망자 퇴치에 전력을 다해주십시오."

당청의 오만한 말에도 무혜는 예의 바르게 응수했다.

제갈성이 말했다.

"어쨌든 이번 작전의 행방은 결정되었소. 망자들이 지하 도시로 숨어든 것을 기회 삼아서 일망타진한다."

그의 말에 좌중 모두 고개를 끄덕이며 동감했다.

그런데 제갈성이 계속해서 무명을 보며 말했다.

"무명, 만련영생교의 군세를 자세히 설명하시오."

군세(軍勢). 군대의 형세와 병력의 수를 뜻하는 말.

즉, 제갈성은 이번 망자 창궐을 천재지변 같은 사고가 아니라 만련영생교의 중원 침략으로 선포한 것이었다.

방금 사천당문이 꺼낸 오만한 발언은 무시한 채 사태를 정확히 보는 혜안.

무명은 입꼬리를 올리며 씨익 웃었다.

역시 제갈성은 믿을 만한 인물이었다.

단, 그가 아군일 때만.

무명이 좌중을 둘러보며 입을 열었다.

"현재 만련영생교의 위험 요소는 세 가지요. 첫째, 시황이 망자가 된 금위군을 수하에 부리고 있소."

"맞습니다. 주작호의 망자들은 그냥 망자가 아닙니다."

이번에 말한 자는 정영이었다.

"망자 금위군은 강궁을 쏘아 공격했습니다. 그냥 망자가 아니라 분명 군대였습니다."

정영은 태평루의 지붕 위에서 당랑귀녀와 결투를 벌이다가 강궁 세례를 맞았다.

주작호를 다녀온 그녀가 말하자 무명의 발언에 신빙성이 더해졌다.

"둘째, 화산파가 옮기고 있던 벽력당의 폭뢰를 만련영생교가 가로챘습니다."

"뭐라? 그게 사실이냐?"

당청이 양미간을 구기며 끼어들었다.

"벽력당의 폭뢰는 실전된 지 오래인데 알고 보니 화산파가 숨기고 있었군."

독과 암기로 유명한 사천당문의 인물답게 벽력당의 폭뢰가 무척 신경 쓰이는 눈치였다.

결국 그녀가 제갈성을 보며 일갈했다.

"제갈성, 화산파가 제멋대로 일을 벌일 때까지 무엇 하고 있었소?"

"무당과 화산은 무림맹에서 빠진 지 오래요."

"아무리 그래도……."

"사천당문이 벽력당을 마음대로 하지 못했던 것과 다를 바 없소."

"……"

제갈성이 사천당문과 벽력당의 관계를 예로 들며 말을 일축하자 당청도 더는 꼬투리를 잡지 못했다.

그때 무명의 귓가에 전음이 들렸다.

[당청 년, 당문이 한 짓을 숨기려고 오히려 역정을 내는군, 후후후.]

산서 벽력당이 멸문되었을 때 화산파는 폭뢰를 손에 넣고 사천당문은 폭뢰 제조법을 챙겼다는 의문은 이미 이강이 한 번 얘기했었다.

당청의 반응으로 볼 때 이강의 의심은 확실히 그럴싸해 보였다.

제갈성이 재차 무명에게 물었다.

"마지막 세 번째 위험은 무엇이오?"

"시황을 지키는 호법 무사요."

보통 호법(護法)이란 문파 장문인을 지키는 제자들을 말한다.

"주작호에서 시황이 허공섭물의 수법을 쓰는 것을 보았소."

"허공섭물?"

제갈성은 물론 모든 좌중이 양미간을 구겼다.

엄청난 내공의 소유자가 아니라면 감히 흉내도 내지 못할 경지의 수법이 허공섭물이다.

지금 자리에 모인 인물 중 아마도 소림 방장쯤 되어야 허공섭물이 가능하리라.

"시황 역시 상당한 고수요. 그런데 그를 지키는 호법들은 더욱 괴이한 자들이었소."

무명은 시황의 호법, 즉 만련영생교의 광명사자들에 대해 설명했다.

그가 본 광명사자는 모두 세 명.

허공섭물은 내공 수준이 대단하다고 여기면 그만이다.

그런데 세 명의 광명사자들은 하나같이 평범한 사람으로 보기 힘들 만큼 괴이한 능력을 지니고 있었다.

눈에 보이는 자에게 무차별로 검을 휘두르는 광인이자 거인인 광명우사.

전광석화 같은 쾌검과 신법의 소유자 광명좌사.

물 흐르는 듯한 보법 속에 해일의 광포함이 숨어 있는 광명하사.

"세 명의 광명사자는 산 자도 망자도 아니었소. 여태껏 그런 강호인은 본 적이 없소."

"흑랑성의 살수일 거다."

갑자기 하대를 하며 끼어든 자는 이강이었다.

"과거 흑랑성은 숱한 강호인을 잡아다가 신체 실험을 감행했지. 시황 놈의 호법은 흑랑성에서 나온 게 틀림없어."

그러자 정결사태가 눈살을 찌푸리며 말했다.

"흑랑성은 무림맹이 멸문한 지 오래인데 헛소리를 지껄이는군."

그녀는 양미간을 잔뜩 구긴 얼굴이었는데, 이강 같은 악인이 무림맹 회동에 참가한 것도 모자라 제멋대로 발언을 하는 것을 참을 수 없다는 표정이었다.

"후후후, 그 흑랑성 덕분에 서장 구륜사를 물리친 게 누구지?"

"뭐라고!"

이강의 도발에 정결사태가 화를 내며 자리에서 일어섰다.

그때 누군가가 그녀를 막으며 말했다.

"진정하시지요. 그의 말도 틀린 말은 아닙니다."

그는 바로 무혜였다.

무림맹주이자 소림 방장인 그가 말하자 정결사태도 화를 참으며 자리에 앉을 수밖에 없었다.

"과거 중원 무림이 구륜사와 싸울 때 흑랑성의 도움을 받은 것은 사실입니다. 하지만 이후 흑랑성에 망자가 창궐하여 멸문시켰습니다."

무혜가 나직한 목소리로 말을 이었다.

"당시 모 표국의 국주가 흑랑성주를 자처하며 망자를 조종해 중원에 나오려 했습니다. 그가 죽은 지금 새로 시황이란 자가 나타났으니, 만련영생교의 뿌리는 흑랑성에서 파생되었다고 할 수 있겠지요."

"……!"

서장 구륜사 결전에서 무림맹이 패색이 짙을 때 역전을 이끈 자들이 흑랑성의 살수라는 소문은 강호에 이미 떠돌고 있었다.

그런데 그 소문을 소림 방장이 직접 인정한 것이 아닌가.

"흑랑성이 사라진 지 오래지만 강호에 아직 그 그늘이 걷히지 않았군요. 아미타불."

흑랑성에서 시작된 망자 창궐.

망자의 불씨는 결국 중원까지 퍼져 나왔고 이제 황제가 있는 도성까지 마수를 뻗치고 있는 것이었다.

좌중은 충격에 빠져 침음했다.

그때 무혜가 무명과 이강을 돌아보며 말했다.

"두 분 시주는 어떻게 하실 생각인지요?"

"뭘 말입니까?"

"두 분은 이미 황궁 밑의 지하 도시를 잠행하고 오셨습니다. 하지만 이번 일은 단순한 잠행이 아닙니다. 제이의 흑랑성에 들어가 만련영생교를 척결해야 합니다."

제이(第二)의 흑랑성.

소림 방장의 입에서 그 말을 듣자 오싹 소름이 끼쳤다.

"두 분, 이번 일에 함께하시겠습니까?"

"……."

무명은 무심코 이강에게 시선을 돌렸다.

두 눈은 없지만 이강 또한 분명 마음속으로 이쪽을 보고 있으리라.

굳이 물을 것도, 전음을 나눌 필요도 없었다.

무명이 포권지례를 하며 대답했다.

"예."

"아미타불. 지금까지 무림맹이 실행하던 계획은 망자 멸절이었습니다. 하지만 오늘부로 계획을 수정합니다."

무혜가 반장을 하더니 좌중을 돌아보며 선언했다.

"시황 토벌 작전을 시작하겠습니다."

토벌. 군대를 투입하여 역적 무리를 일망타진한다는 뜻.

소림 방장 무혜의 뜻은 분명했다.

망자의 수장을 제거해서 다시는 중원에 모습이 보이지 않도록 망자를 뿌리째 뽑는다.

현재 무림맹의 시황 토벌 작전에 참가한 자들은 모두 열여덟 명.

부맹주 제갈성이 인원 편제를 시작했다.

"인원을 총 네 개 조로 나누겠소."

그가 진문을 보며 말했다.

"진문, 사제들과 함께 일 조를 맡으시오."

"알겠습니다."

진문, 진공, 진명, 그리고 사제 세 명.

여섯 명의 소림 십팔나한이 일 조가 되었다.

제갈성은 다음으로 당청에게 고개를 돌렸다.

"사천당문의 세 분은 정결사태와 함께 이 조를 맡아주십시오."

"알겠소."

당청의 표정으로 볼 때 정결사태와 함께하는 것을 썩 반기는 기색이 아니었다.

독과 암기를 주무기로 삼는 사천당문은 타 문파와 공동으로 움직이는 것을 극히 꺼렸다.

하지만 명문 아미파의 장문인급 항렬인 정결사태를 두고 그녀가 필요 없다는 말은 차마 꺼내지 못했던 것이다.

이어서 제갈성이 무명에게 말했다.

"무명, 이강. 창천칠조와 함께 삼 조를……."

그런데 이강이 말을 자르며 반박했다.

"우린 싫다."

"가장 효율적으로 조를 짜려는 것이니 싫고 좋고의 문제가 아니오."

이강의 성정을 아는 제갈성이 침착하면서도 냉랭한 말투로 설득했다.

하지만 이강은 따로 생각이 있는지 말했다.

"괜히 트집을 잡으려는 건 아니다. 실은 함께 작전에 참가할 자가 있다."

"그가 누구요?"

"하오문 문주다."

그 말에 좌중의 분위기가 싸늘해졌다.

아니나 다를까, 정결사태가 참지 못하고 분을 터뜨렸다.

"하오문? 천박한 것도 모자라 실력도 없는 하오문 따위를 왜 무림맹에 부르는 것이냐?"

정결사태의 말도 일리가 있었다.

하오문은 중원 무림의 명문정파와는 아무 연도 없이 독자적으로 자생하는 무리이며, 대대로 전해지는 독문무공도 없어서 제대로 된 문파로 인정받지도 못하는 상태가 아닌가.

그런데 이강이 무혜와 제갈성에게 번갈아 고개를 돌리며 말했다.

"지금 하오문 문주는 임윤이란 놈이다."

"……"

순간 무혜와 제갈성이 은은하게 안광을 뿜어냈다.

무림 고수가 모인 좌중이 그것을 눈치채지 못할 리 없었다.

무혜가 허락의 뜻으로 고개를 끄덕이자 제갈성이 말했다.

"하오문 문주를 부르는 것을 허락하겠소."

그 말에 정결사태와 당문삼독이 고개를 돌리며 불쾌한 뜻을 내보였다.

그러나 맹주와 부맹주가 결정을 내렸으니 대놓고 반대하지는 못했다.

"하지만 단독 작전을 고작 세 명에게 지시할 수는 없소. 하나둘만 전투 불가 상태에 빠져도 삼 조는 없는 셈이 될 테니까."

"좋다. 그럼 창천칠조에서 두 명만 받지."

이강이 검지를 뻗어 두 인물을 차례로 가리켰다.

척, 척.

이강이 선택한 창천칠조 두 명은 정영과 송연화였다.

정결사태가 코웃음을 치며 말했다.

"흥, 악인 놈이 뻔한 선택을 했군."

그녀의 말속에 가시가 숨어 있었으나 이강은 피식 미소를 지을 뿐 반박하지 않았다.

제갈성이 인원 편제를 조정했다.

"장청과 당호는 이 조에 들어가 선배분들을 도와라."

"존명!"

당청은 기분이 별로인지 중얼거렸다.

"사공이 많으면 배가 산으로 가는 법이지만 노잡이는 상관없겠지."

장청과 당호를 노잡이, 즉 뒤치다꺼리하는 심부름꾼에 비유한 말.

하지만 선배의 말인지라 둘은 묵묵부답 침음할 수밖에 없었다.

그것으로 자연스럽게 삼 조가 결정되었다.

무명, 이강, 정영, 송연화. 그리고 추후에 합류할 자.

제갈성이 마지막을 정리했다.

"본인은 만약의 경우를 대비해서 무사들을 대동하고 지하 도시의 입구 근처에서 매복하고 있겠소. 즉, 이번 작전의 사 조요."

그때 당청이 말했다.

"부맹주, 이 조에 무사 하나를 주시오."

"이미 인원이 지나치게 많다고 하지 않았습니까?"

"짐꾼으로 부릴 거니 상관없소. 무공 따위 할 줄 몰라도 되니 힘은 센 자로 주시오."

"알겠습니다."

제갈성의 무사들도 엄연히 강호의 한 방파였으나 당청은 무사를 청해서 쟁자수로 부리겠다는 말을 서슴없이 했다.

어쨌든 제갈성은 그녀의 제안을 수락한 다음 말을 계속했다.

"일단 지하 도시로 잠행하면 각 조는 연락이 힘들 것이오."

그 말에 다들 고개를 끄덕였다.

지하 깊숙한 곳에서는 폭죽이나 전서구를 이용한 연락책을 쓸 수 없다.

또한 함부로 전음을 쓰는 깃도 금지였나.

내공을 실어 멀리까지 목소리를 전달하다가 중간에 내공 고수가 있다면 들킬 수 있기 때문이다.

"별도의 작전이 있을 경우 무사에게 지령을 보내겠소. 하지만 지령이 없을 경우 각 조는 모두 별동대처럼 행동해야 된다는 것을 명심하시오."

별동대(別動隊). 본대와 따로 떨어져서 움직이는 부대.

지하 도시에 잠행하는 삼 개 조가 별동대로 움직이는 것은 궁여지책이라고 할 수 있었다.

그러나 지금은 묘책이 될 수 있었다.

대규모의 망자 떼를 상대로 해서 삼 개 조가 기습적으로 치고 빠지는 것이 가능하기 때문이었다.

그리고 삼 개 조 중 단 하나만 시황에게 접근할 수 있다면……

제갈성이 그 점을 지적했다.

"한 개 조만 망자 떼를 돌파해서 시황을 제거해도 이번 작전은 성공이오."

지모로 뛰어난 제갈세가의 인물답게 과감한 작전.

반면 엄청난 위험을 감수한 도박이기도 했다.

만약 망자 떼에게 포위되는 조가 나온다면?

어떤 도움도 받지 못한 채 작전을 위한 희생양이 되고 말리라.

그런데 제갈성이 그답지 않게 심하게 양미간을 구겼다.

"지금 말씀드리는 것은 절대 비밀로 하시오."

그리고 싸늘하게 식은 목소리로 말했다.

"망자비서는 위서요."

"……!"

좌중은 깜짝 놀라 서로를 돌아봤다.

위서(僞書). 가짜 책이라는 뜻이 아닌가?

"제갈세가는 무림맹이 구한 망자비서를 오랜 시간 해독했으나 위서로 판명 내렸소. 본인은 두 가지 가능성을 생각하고 있소. 첫째, 진짜 망자비서는 따로 있다. 둘째……."

그때 이강이 말을 자르며 끼어들었다.

"망자비서가 실은 속임수였다. 아니냐?"

"…맞소."

정결사태가 날카롭게 물었다.

"그게 무슨 소리지?"

"어떤 놈이 망자비서가 실재하는 것처럼 거짓 소문을 퍼뜨렸다는 말이다."

"왜?"

"그것도 모르겠냐? 중원 명문정파들이 망자비서를 두고 개싸움 하도록 수작을 벌인 거지."

"네놈, 어디서 감히!"

정결사태가 분노를 터뜨리자 무혜가 손을 들며 막았다.

"사태, 진정하시지요. 이자의 말도 일리가 있습니다."

"……."

항렬로 보나 무공 수위로 보나 지금 자리에서 꿀릴 게 없는 정결사태도 소림 방장이 나서자 더는 어쩌지 못하고 입을 다물었다.

무혜가 말을 계속했다.

"저는 망자비서가 만련영생교의 함정이 아니었나 의심하고 있습니다. 무림맹이 망자비서를 얻어서 중원을 안정시키려 했으나 결국 시황이란 자가 지상에 나온 결과가 되었으니까요."

좌중은 그 말에 큰 충격을 받았다.

다른 자도 아니라 소림사 방장이 하는 말이었다.

당금 중원 무림에서 가장 무거운 발언을 할 수 있는 단 한 사람.

그때 이강이 킬킬거리며 재차 끼어들었다.

"어차피 잘된 일이다."

"왜 그리 생각하시는지요?"

"망자비서를 수중에 넣어서 세를 불릴 생각이 아니라면 있으나 없으나 마찬가지지. 어차피 시황이란 놈만 죽이면 그만이잖아?"

이번 이강의 말은 다들 인정하지 않을 수 없었다.

망자를 막기 위해 망자비서를 찾았다.

그런데 망자를 조종하는 수장이 나타났으니 그를 제거하면 그만 아닌가.

하지만 다들 망자비서를 얻어서 문파의 세를 높이려는 야심이 마음속에 남아 있었다.

그런 판에 이강이 정곡을 찌르는 말을 꺼내자 좌중은 할 말이 없었던 것이다.

"이강 시주의 말씀이 백번 옳습니다."

무혜가 고개를 끄덕이며 말했다.

"망자비서 건은 무림맹의 큰 실수이지만 만회할 방법이 남아 있습니다. 만련영생교의 수장인 시황을 제거하는 것입니다."

소림 방장인 그가 흔쾌히 실수를 인정하자 이강도 어깨를 으쓱해 보일 뿐 더 독설을 늘어놓지 않았다.

"삼 일 뒤에 작전을 시작하겠습니다."

이어서 무혜는 도성 외곽에 있는 묘지의 위치를 얘기했다.

묘지는 바로 무명과 잠행조가 석관을 열고 지하 도시를 탈출했던 장소였다.

수많은 강호인이 황궁에 들어가는 것은 불가능하니, 지하 도시 잠행의 시작 지점은 애초에 정해진 것이나 다름없었다.

"작전 시각은 자시가 되고 반 시진 후입니다."

자시(子時). 해가 지고 다시 뜨기 전의 중간 지점.

하루 중 가장 어두운 때를 틈타서 작전에 돌입한다.

지모가 뛰어난 소림 방장과 제갈성이 생각했을 법한 시각이었다.

그러나 이번 작전에서는 독이 될 가능성도 있었다.

어둠은 망자가 가장 좋아하는 것 중 하나이니까…….

"그때까지 만반의 준비를 갖추십시오. 아미타불."

무혜가 반장을 하며 길게 아미타불을 읊조렸다.

그것으로 무림맹의 회동은 일단락이 났다.

회동이 끝나자 무명과 이강은 삼 일 뒤를 기약하며 무림맹 인물들과 헤어졌다.

객잔을 나오면서 무명이 물었다.

"창천칠조를 거절하고 정영과 송연화만 받은 이유가 뭐요?"

"제갈성 놈이 그렇게 조를 짜려고 이미 생각하고 있었다."

이강이 대답했다.

"놈은 삼 개 조에 지하 도시를 잠행한 자가 최소 한 명씩 끼어 있도록 할 셈이었지."

일 조는 무명, 이강.

이 조는 장청, 당호.

삼 조는 진문.

확실히 지하 도시 경험이 있는 자들이 각 조에 한 명 이상 존재했다.

"게다가 장청이 네놈을 달갑지 않게 여긴다는 것을 알고 있었다. 해서 일단 조를 나눈 뒤 장청과 당호를 빼서 이 조에 넣으려고 했지."

"그럼 가만있어도 됐을 텐데 왜 굳이 말을 꺼냈소?"

"몰라서 묻냐? 네놈을 위해서다."

"뭐라고?"

"정인 두 명이 같은 조에 있어야 화화공자도 힘이 날 게 아니냐, 후후후."

"닥치시지."

무명은 차갑게 일갈했다.

그러다가 무엇이 생각났는지 질문을 바꿔서 물었다.

"하오문 문주는 삼 조에 왜 넣었소?"

이강이 어깨를 으쓱하며 대답했다.

"놈은 숙수라니까?"

"모든 병장기에 능통한 도검수 말이오?"

"그래. 창천칠조든 사천당문이든 아미파든 그놈 하나만 못할 거다."

무명도 그 말에는 동감했다.

식칼 네 개에 사슬을 달아서 살아 있는 뱀처럼 다루던 하오문 문주.

죽은 시체나 다름없는 망자를 상대할 때는 특히 도검을 쓰는 능력이 중요하다.

그는 분명 삼 조의 작전 수행에 큰 도움이 되리라.

하지만 문제가 있었다.

"그자가 아무리 능력이 뛰어나다고 해도 잠행을 거부한다면 어쩔 거요?"

"그럴 리 없다."

이강이 장담하며 말했다.

"놈은 흑랑성에 잠행한 적이 있다. 황궁 밑의 망자 지하 도시? 별거 아니지."

그러고 보니 이강과 하오문 문주가 흑랑성을 언급하던 것이 기억났다.

"그러면 더욱 가기 꺼리지 않을까?"

"과연 그럴까? 나랑 내기하자."

"뭘로?"

"동파육에 백주 한 동이."

"좋소."

둘은 이강이 제멋대로 잠행조 삼 조에 추가한 남자를 만나러 하오문으로 향했다.

하오문이 있는 뒷골목은 여전히 어둡고 퀴퀴한 냄새가 났다.

무명과 이강은 백노괴를 찾아갔다.

하오문 문주를 만나겠다고 하자 백노괴는 제자 흑소귀에게 길 안내를 맡겼다.

"두 악인 놈을 문주에게 데려다줘라."

"예에……."

흑소귀는 약점을 잡힌 것 같진 않았는데 도망치지 않고 백노괴 밑에서 일을 돕고 있었다.

"갑시다."

그는 고개 한 번 돌리지 않고 빠르게 걸었다.

그의 걸음걸이에서 둘을 얼른 안내하고 다시는 마주치기 싫다는 뜻이 느껴져서 무명은 쓴웃음을 지었다.

곧 흑소귀가 걸음을 멈추더니 한 건물을 가리켰다.

"저곳이 하오문 문주의 숙소요."

흑소귀는 일이 끝나자 뒤도 돌아보지 않고 달아나듯이 허둥지둥 가버렸다.

둘은 좁은 문을 통해 건물로 들어갔다.

그런데 생각했던 것보다 건물 안이 넓었다.

또한 중간에 걸리는 것이 없도록 탁자나 의자는 전부 벽 쪽으로 밀어둔 상태였다.

잠을 자고 밥을 먹기에는 지나치게 넓은 장소.

그곳에서 지금 세찬 파공음이 들려오고 있었다.

피잉, 피잉!

건물은 하오문 문주가 무공을 수련하는 곳이었다.

강호인은 독문 무공을 수련할 때 남에게 보이는 걸 금기로 여긴다.

때문에 막 안으로 들어서던 무명은 재빨리 뒷걸음질 쳐서 밖으로 나갔다.

그러나 이강은 서슴없이 안으로 들어가 버렸다.

두 눈이 없어서 못 본다고 핑계를 대기에는 지나치게 무례한 행동.

"어이, 숙수."

한참 검을 휘두르고 있던 문주에게 이강이 태연히 말을 걸었다.

"무림맹이 망자가 우글거리는 지하 도시에 잠행한다는데 네 놈도 우리와 함께 가야겠다."

그 말에 문주는 계속 검초를 출수하면서 말했다.

"내가 왜?"

하오문의 문주, 이름이 임윤이란 사내의 눈매는 여전히 날카로웠다.

그는 오랜 시간 검을 휘둘렀는지 옷을 걸치지 않은 상반신의 근육 사이로 굵은 땀방울이 흘러내리고 있었다.

"왜냐고? 거긴 제이의 흑랑성이거든."

"흑랑성? 그런 생지옥을 다시 들어가겠다는 말이냐?"

임윤이 검을 멈추며 고개를 홱 돌렸다.

"미쳐도 단단히 미쳤군."

"크크크, 언제는 이 땅에서 살아가기 위해 망자를 없애야 한다더니?"

이강이 실실 웃음을 흘리며 말했다.

"나, 저기 서생 놈, 네놈, 그리고 무림맹에서 그나마 쓸 만한 년들로 둘. 이렇게 한 조다."

"고작 다섯 명? 초라하군."

"흑랑성 때도 그랬다."

"하지만 그때는 조장이 달랐지."

"그건 그래."

둘의 대화가 길게 이어졌다.

어느새 이강의 얼굴에서 웃음기가 싹 사라져 있었다.

이강이 고갯짓으로 무명 쪽을 가리켰다.

"그래도 저놈이 그때 조장을 능가할 걸물이다. 작전 실행 능력은 그때만 못하겠지만 심계의 악독함은 훨씬 위니까."

"칭찬으로 받아들이겠소."

팔짱을 낀 채 둘의 대화를 듣던 무명이 무덤덤하게 말했다.

이강이 최후통첩을 보내듯이 물었다.

"그래서 안 할 거냐?"

"…망자를 없애려면 해야겠지."

"후후후."

이강이 입꼬리를 올리고 씨이 웃으며 무명에게 말했다.

"들었냐? 동파육에 백주 한 동이 사는 거다."

"알았소."

임윤이 탁자에 검을 놓고 벗어둔 웃옷을 걸치면서 물었다.

"언제 시작이냐?"

"삼 일 뒤, 자시에서 반 시진 지난 시각."

"잠행하기 좋은 때군."

그런데 웃옷을 다 걸친 임윤이 무슨 생각이 떠올랐는지 말했다.

"아, 도움이 될 만한 자가 하나 있다."

"…그놈이 도성 근처에 산다고?"

이강이 벌써 생각을 읽고 되묻자 임윤이 고개를 끄덕였다.

"그래. 몰랐냐?"

"내가 알 게 뭐냐?"

"하긴, 네놈이 그렇지. 송 국주는 사매와 함께 운남으로 낙향했고 소운은 무과에 합격해서 요녕 땅에 무관으로 갔다."

"그럼 한 놈 남았군. 그놈은 뭘 하고 산대냐?"

"실은 도성 근처에 산다는 말만 들었지 만나본 적은 없어서 모른다."

"그래?"

"어쨌든 찾아가면 부적이라도 몇 장 받을 수 있지 않을까?"

"당연히 받아야지! 친구가 멀리서 찾아왔으니 어찌 기쁘지 않을쏘냐? 크하하하하!"

이강이 크게 광소를 터뜨렸다.

그러나 둘의 옛 친구가 누구인지 모르는 무명은 시큰둥한 표정으로 냉소를 흘렸다.

무명과 이강은 말을 타고 하오문 문주 임윤을 따라갔다.

임윤이 향한 곳은 도성 근처에 위치한 태북이란 도시였다. 근처라고 해도 중원은 넓기 때문에 셋은 꼬박 세 시진이 넘게 말을 달린 뒤에야 태북에 도착할 수 있었다.

어느새 해가 지고 저녁때가 다 되어 있었다.

태북 거리는 시끄럽고 떠들썩했다.

잡상인들은 거리를 오가며 물건을 팔았고 점소이들은 손님을 붙잡고 호객 행위를 했다.

"방금 찐 만두 사시오!"

"대룡객잔에 묵으세요! 넓고 깨끗한 방 있습니다!"

"기루는 춘풍루!"

도성 옆에 있는 도시 태안은 망자가 창궐해서 피난민이 도망쳤고 주작호 역시 도처에 밍자가 들끓고 있었다.

하지만 태북은 중원의 망자 난리와는 전혀 관계없는 것처럼 거리에 활기가 넘쳤다.

임윤이 주위를 두리번거리며 말했다.

"여기 어디쯤이라고 했는데?"

이강이 그의 생각을 읽었는지 말했다.

"놈이 사는 곳이… 대팔관(大八館)이라고? 무슨 집 이름이 그래? 객잔이라도 차렸나?"

"그건 나도 모른다."

셋은 한참을 두리번거리며 거리를 헤맸다.

그러다가 인파가 가장 들끓는 사거리에서 대팔관 건물을 발견했다.

"여기가 대팔관이라고?"

"그런 것 같군."

이강과 임윤이 양미간을 구기며 중얼거렸다.

둘이 놀라는 것도 당연했다.

대팔관은 팔 층짜리 건물이었는데, 고개를 치켜들어야 간신히 끝이 보일 만큼 높이 솟아 있었으며 층마다 청홍색 등이 매달려서 건물을 화려한 색으로 비추고 있었다.

게다가 한 가지 사실이 둘을 더욱 놀라게 만들었다.

대팔관은 그냥 건물이 아니라 도박장이었던 것이다.

임윤과 이강이 피식하고 쓴웃음을 지었다.

"개 버릇 남 못 준다더니."

"하긴, 놈이 사는 곳이 도박장인 것도 이상하진 않지."

셋은 말을 맡긴 뒤 대팔관으로 들어갔다.

임윤이 복도를 바쁘게 지나가는 점소이를 잡고 물었다.

"편복이란 자가 여기 있나?"

"선생님 말씀이십니까? 지금 오 층에 계십니다."

점소이가 깍듯이 '선생님'이라고 존대하는 것을 듣자 이강과 임윤의 표정이 수상쩍다는 듯이 변했다.

셋은 계단으로 오 층에 올라갔다.

오 층은 복도가 없이 전체가 뻥 뚫려서 넓은 공간을 이루고 있었다.

그곳에는 십여 개가 넘는 탁상이 널려 있었는데, 탁상마다 네다섯 명의 사람들이 둘러앉아 도박을 벌이고 있었다.

또한 점소이들이 술과 만두가 놓인 쟁반을 들고 바쁘게 오가고 있었다.

대팔관은 이름처럼 대(大)도박장이었다.

그때 임윤이 어딘가를 가리키며 말했다.

"저기 있군."

그의 검지를 따라가자 한창 도박에 열중인 도사 한 명이 나타났다.

임윤이 무명에게 그를 소개했다.

"저자는 편복선생이란 도사요. 무공은커녕 뜀박질도 제대로 못 하는 악골이지만 도술 하나는 쓸 만하지."

무명은 임윤의 말을 듣고 편복선생이란 자를 유심히 살폈다.

그는 얼굴 살이 없고 전신이 깡말라서 체구는 영 볼품이 없었다.

하지만 머리에 윤건을 쓰고 백의를 걸친 폼이 제법 도사의 풍모가 엿보였다. 또한 등을 꼿꼿이 펴고 앉아 새의 깃털로 만든 학우선(鶴羽扇)을 천천히 부치는 모습은 문사의 기품까지 느껴졌다.

편복선생이 하고 있는 도박은 마작이었다.

탁상의 네 면에 둘러앉은 인물들이 마작 패를 쌓아서 패산을 만들었다.

그런데 편복선생의 맞은편에 앉은 자가 눈빛을 번뜩이며 말했다.

"이번 판도 지면 네놈은 패배한다. 어때? 각오는 됐나?"

그자는 엄청난 거구에 얼굴에 검흔이 있는 것으로 보아 강호의 도검수가 분명했다.

또한 양옆에 앉은 자들도 인상이 험상궂었다.

탁상 밑에 그들의 것으로 여겨지는 환도 세 자루가 있는 것으로 보아 편복선생과 마작을 하는 도검수 세 명은 한패 같았다.

"패자는 승자가 뭘 요구해도 들어줘야 한다. 네놈한테 뭘 요구할까?"

그러자 옆에 앉은 자들이 끼어들며 말했다.

"손목 하나는 어때?"

"그건 싱겁지. 맞아, 이자 마누라가 젊고 예쁘다고 소문이
자자하던데?"

"좋다, 네놈의 마누라를 하룻밤 빌리는 것으로 하지!"

"크크크, 대박이군!"

세 도검수가 낄낄대며 웃음을 터뜨렸다.

그때 편복선생이 나직하게 입을 열었다.

"세상에서 가장 무서운 게 뭔지 아는가?"

"무서운 거? 그야 목 떨어지는 게 가장 무섭지, 크크."

"아니. 가장 무서운 건 마누라일세."

편복선생이 도검수 세 명을 강한 눈초리로 쏘아보며 말
했다.

"당신들은 내 마누라한테 한번 걸리면 사흘 동안 식음을
전폐하고 앓아누웠다가 간신히 일어나 몸을 추슬러도 평생
학질에 걸린 것처럼 여름에 식은땀을 흘리며 추위에 벌벌 떨
걸세."

"……"

편복선생의 눈빛과 말투가 예사롭지 않자 도검수들이 침을
삼키며 입을 다물었다.

수틀리면 당장에라도 환도를 휘두를 법한 세 도검수.

하지만 편복선생은 그들을 코앞에 두고도 눈 한 번 깜빡이지 않고 태연자약했다.

무명이 고개를 끄덕이며 말했다.

"도술은 모르겠지만 담력 하나는 강심장인 자군."

"그거 다 허세다."

이강이 킬킬대며 검지로 탁상 밑을 가리켰다.

"저놈 얼굴은 철판을 두른 듯 뻔뻔하지만 실은 허세를 부리는 거다. 지금쯤 두 손, 두 발은 벌벌 떨고 있을걸?"

무명은 그 말을 듣고 탁상 밑을 봤다.

그러나 떨기는커녕 편복선생은 한쪽 다리를 무릎에 올린 채 미동도 하지 않는 것이 아닌가?

"하나도 안 떠는데?"

"…이상하군."

이강은 할 말이 없는지 어리둥절한 얼굴로 고개를 갸웃했다.

그러는 사이 편복선생과 도검수 무리는 마작 한 판을 거의 끝내가고 있었다.

도검수가 자기 패를 보며 골똘히 생각하더니 패 하나를 판 위에 버렸다.

그때 편복선생이 전광석화처럼 손을 뻗어 패를 잡아챘다.

"났네."

좌르륵. 편복선생이 자기 패를 판 위에 깔았다.

"대삼원. 이번 판은 물론 내기는 내가 승리했네."

도검수들은 잠시 두 눈을 휘둥그레 뜨고 판을 쳐다봤다.

그러다가 눈을 부라리며 일갈했다.

"말도 안 돼! 어떻게 하루에 대삼원이 몇 번씩 나와?"

"이건 사기다! 네놈, 어떤 수작을 부렸지?"

하지만 편복선생은 여전히 태연했다.

"사기? 천운은 본래 바라는 자에게 주어지는 것."

"개소리! 가짜 패가 있지? 얼른 내놔라!"

흥분한 도검수 무리가 몸을 숙여서 탁상 밑에 둔 환도를 잡았다.

순간 푸르뎅뎅한 검날 십여 개가 날아와 도검수 세 명의 목에 걸쳐졌다.

척!

"이, 이게 뭐야?"

막 환도를 휘두르려던 도검수 셋이 깜짝 놀라며 손을 멈췄다.

그들의 목에 검을 겨눈 자들은 대팔관의 점소이들이었다.

그들은 도검수 무리가 행패를 부리려고 하자 순식간에 검을 빼서 사태를 진압해 버렸다.

마치 방파의 무사들처럼 일사불란한 움직임.

대팔관은 단순히 규모만 큰 도박장이 아니었던 것이다.

편복선생이 판에 놓인 점봉을 쓸어 모으며 말했다.

"어떻게 할 텐가? 말했지만 목이 떨어지는 것은 그리 무서운 게 아니네."

"……"

그의 태연한 말투가 오히려 도검수들의 기를 질리게 만들었다.

도검수 하나가 침을 꿀꺽 삼키며 말했다.

"펴, 편복. 우리가 잘못했소."

하지만 편복선생은 여전히 점봉을 모으면서 뜻 모를 말을 했다.

"선생 붙이게."

"뭐라고?"

"선생 붙이라고."

"편복선생… 우리가 잘못했으니 용서하시오."

그제야 편복선생은 팔을 치켜들더니 점소이들에게 수신호를 했다.

그러자 점소이들이 도검수들의 목에서 일제히 검을 회수하는 것이었다.

척!

도검수 셋은 편복선생과 눈길도 마주치지 못한 채 환도를 들고 도망치듯 자리를 떴다.

한바탕 소동이 있었지만 사람들은 신경도 안 쓰고 도박을 벌였다.

　점소이들도 편복선생이 재차 수신호를 보내자 아무 일도 없었다는 양 구석진 곳으로 돌아가 경비를 섰다.

　편복선생은 단순히 도박을 하러 온 게 아니라 대팔관의 주인이었던 것이다.

　임윤과 이강이 쓴웃음을 지으며 중얼거렸다.

　"그때 잠행조 중에서 가장 잘나가는 놈이군."

　"내 말이 그 말이다."

　셋은 편복선생의 앞으로 다가갔다.

　편복선생이 고개도 들지 않은 채 학우선을 부치며 말했다.

　"나랑 마작 한판 하려는가? 거기 앉게."

　"도사 놈아, 오랜만이다."

　이강의 음산한 목소리를 듣자 편복선생은 그제야 고개를 들었다.

　그는 이강과 임윤을 알아보고 흠칫 놀라는 눈치였으나 곧바로 침착한 표정을 되찾으며 말했다.

　"오늘 운세가 대길이었는데 자네들 따위가 찾아오다니 점괘가 잘못되었나 보군."

　"아니, 점괘는 제대로다. '멀리서 옛 친구가 찾아오니 기쁘지 않은가'라고 공자가 말했지, 후후후."

　"공자는 성인이지만 지나치게 예에 얽매였지. 어쨌든

앉게."

세 명이 탁상에 둘러앉자 편복선생이 점소이를 불러 차를 가져오게 했다.

곧 점소이가 차를 대령했다.

차는 백호은침(白毫銀針)이었다.

대팔관이 싸구려 도박장이 아님은 고급차가 나온 것을 봐도 알 수 있었다.

임윤이 단도직입으로 말을 꺼냈다.

"편복선생, 중원에 망자 떼가 나타난 사실은 알고 있겠지?"

"망자? 소문은 들었지만 본 적은 없네."

"곳곳에 망자가 창궐하고 있다. 여기도 시간문제야."

"흐음."

편복선생이 잘 모르겠다는 듯이 팔짱을 낀 채 고개를 갸웃거렸다.

"이번에 흑랑성 같은 곳으로 잠행을 하게 됐다."

"또? 자네들 운세는 극악하기 짝이 없군."

"그래서 부적이라도 몇 장 얻으려고 이렇게 왔다."

"부적? 복채는?"

"옛 친구가 찾아왔으니 대접하는 셈 쳐라."

편복선생이 잠시 임윤과 이강을 번갈아 보더니 말했다.

"복채는 그렇다고 치세. 하지만 흑랑비서도 없는데 무슨 수로 부적을 그리라는 말인가?"

"……."

임윤과 이강은 할 말이 없는지 침음했다.

흑랑비서.

제갈세가에 보관되어 연구 중인 서책으로, 망자비서가 위서로 의심되는 지금, 흑랑비서만이 유일하게 망자에 대한 비밀을 담은 비급이라고 할 수 있었다.

"내가 아무리 삼라만상의 천리를 깨우쳤다고 하나 그 복잡한 부적을 기억에 의지해서 그려내라고 한다는 건 무리일세. 아니 그런가?"

편복선생은 뜬금없이 무명에게 말을 걸었는데, 그의 표정이 어쩌나 태연하고 자연스러운지 무명은 자기도 모르게 고개를 끄덕였다.

"그렇소……."

"그것 보게. 이자도 그렇다고 하지 않는가?"

"할 수 없군. 그럼 부맹주에게 말하면 흑랑비서를 빌릴 수 있을 테니 며칠 도성에 다녀가면 안 되겠나?"

"내가 왜?"

편복선생이 팔짱을 끼고 시선을 돌리며 딴청을 부렸다.

이강이 쓴웃음을 지으며 말했다.

"네놈, 많이 컸구나."

"그럴 리가 있나? 사람은 삼십 세까지 자라고 이후에는 기력이 쇠약해지는 법. 내 학식이 깊어졌을망정 키가 깄을 리는 없지."

한마디도 지지 않고 맞받아치는 모습이 그도 절대 만만한 인물은 아니었다.

임윤과 이강은 망자 떼가 들이닥쳐도 겁내지 않을 인물들이지만 눈앞의 깡마른 도사를 상대로는 이상하게 쩔쩔매고 있었다.

그때였다.

점소이가 밖에서 후다닥 뛰어 들어오더니 편복선생의 귀에 대고 속삭였다.

"…마님이 오셨습니다."

순간 편복선생의 얼굴빛이 새하얗게 질렸다.

"지금 어디 있냐?"

"막 대팔관에 들어오셨습니다."

"나는 잠시 외출했다고 여쭈어라."

"예."

점소이가 말을 전하러 밖으로 나갔다.

편복선생이 태연하게 찻잔을 들어 한 모금을 마셨다.

그러나 그의 손이 덜덜 떨리는 바람에 찻물이 잔 밖으로 튈 정도였다.

갑자기 그가 고개를 들며 말했다.

"옛 친구들이 왔는데 대접이 소홀한 것 같군. 모두 팔 층으로 가세."

그리고 무명 일행이 대답하기도 전에 먼저 벌떡 일어나 계단으로 가는 것이었다.

이강이 그에게서 무슨 생각을 읽었는지 씨익 웃으며 고갯짓을 했다.

무명, 이강, 임윤 셋은 편복선생을 따라 계단을 올라갔다.

편복선생은 숨을 헉헉대면서 계단을 뛰어 올라갔다.

어느새 꼭대기인 팔 층에 도착했다.

그때 점소이가 뒤따라 올라오며 말했다.

"마님이 오 층까지 오셨습니다! 모든 층을 샅샅이 뒤지고 계십니다!"

"그, 그래?"

그는 숨이 가쁜지 아니면 다른 이유인지 목소리를 덜덜 떨었다. 그러다가 임윤에게 고개를 돌리며 말했다.

"자네들, 흑랑성 같은 곳에 잠행한다고?"

"그렇소."

"부적을 그려줄 테니, 아니, 다른 도술도 써줄 테니 조건이 있네."

"뭐지?"

편복선생이 침을 꿀꺽 삼키며 대답했다.

"나도 잠행에 끼워주게."

일단 들어가면 다시 나오지 못한다는 소문이 나돌았던 흑랑성.

그런데 편복선생이 흑랑성만큼 위험한 지하 도시의 잠행에 스스로 참가를 청한 것이다.

그의 갑작스러운 선언에 이강과 임윤이 멍한 얼굴로 서로를 돌아봤다.

임윤이 편복선생에게 물었다.

"지금 잠행에 함께 가겠다는 말이냐?"

"그렇네. 귀가 먹었는가? 한 번 말하면 알아듣게."

편복선생의 말투가 조금 전과 달리 거칠어졌다.

그는 조급한 눈빛으로 계단 쪽을 힐끔거리며 쳐다봤는데, 당장에라도 대팔관을 떠야 된다는 심정이 느껴질 정도였다.

이강이 씨익 웃으며 무명을 향해 고갯짓을 했다.

"이 서생이 우리 조장이다. 어때? 말코도사 놈을 받을 거냐?"

"우주 삼라만상의 이치를 깨우친 내가 잠행에 큰 도움이 될 거라 자부하네."

"……."

무명은 잠시 말없이 생각에 잠겼다.

우주 삼라만상의 이치?

편복선생이란 도사는 말투에 지나치게 허세가 있었다.

하지만 흑랑성을 잠행했던 이강과 임윤이 반대하지 않는 것으로 보아 그의 도술 능력은 제법 쓸 만하리라고 여겨졌다.

그러나 무명이 가장 높이 사는 것은 편복선생의 대담함이었다.

그는 위기가 코앞에 닥쳤음에도 틈을 보이지 않고 태연자약했다.

설령 그것이 허세라고 해도 말이다.

망자 소굴 잠행에 가장 필요한 조건, 침착함.

무명은 결정을 내렸다. 편복선생이란 자를 받아들이자.

그런데 저렇게 담대한 자가 벌벌 떨며 겁내는 아내는 대체 어떤 여인이란 말인가?

"좋소."

무명이 허락하자 편복선생은 그제야 한시름을 놓은 표정으로 말했다.

"그럼 빨리 이곳을 떠야……"

그때였다.

계단 밑에서 점소이들이 우르르 팔 층으로 올라왔다.

점소이들이 순식간에 편복선생을 삼면으로 포위했다.

행패 부리는 도검수들을 응징할 때처럼 일사불란한 동작.

그중 수장으로 보이는 점소이가 앞으로 나오며 말했다.

"마님께서 선생님을 붙잡아두라고 명령하셨습니다."

"뭐, 뭐라고?"

편복선생이 무명 일행의 눈치를 살피며 소리쳤다.

"감히 마누라가 지아비를 업신여기다니! 네놈들은 대체 누구 편이냐? 네놈들 주인이 누구냔 말이다!"

"마님이십니다."

"……."

큰소리쳤다가 본전도 못 챙긴 편복선생은 꿀 먹은 벙어리처럼 입을 다물었다.

그때 계단 밑에서 낭랑한 여인의 목소리가 들렸다.

"당신, 또 어딜 도망치려고?"

무명은 무심코 계단 쪽을 돌아보다가 깜짝 놀라고 말았다.

편복선생의 아내인 듯한 여인은 나이가 많아야 이십 대 초반으로 보이는 것은 물론 얼굴이 희고 이목구비가 또렷한 미인이었던 것이다.

반면 편복선생은 깡마른 얼굴에 고지식한 인상의 중년 남자였다.

적어도 스무 살 차이는 거뜬히 날 법한 남편과 부인.

과연 그는 무슨 수로 젊고 예쁜 아내와 대팔관을 손에 넣었을까?

도무지 풀리지 않는 수수께끼였다.

이강이 씨익 웃으며 말했다.

"뭣들 하냐? 천하의 공처가 지아비를 구해서 여기를 탈출해 야지?"

"저들이 쉽게 놓아줄 것 같지 않은데?"

임윤이 점소이들을 가리키며 말했다.

그의 말마따나 점소이들은 허리춤에 찬 검 자루에 손을 갖다 대고 언제든지 뽑을 준비를 하고 있었다.

팔 층은 아래층과 달리 복도가 있고 옆에 방들이 늘어서 있었다.

하지만 중앙에 난 계단이 아니면 정상적으로 내려갈 방법이 없었다.

이강이 고갯짓으로 복도 옆의 창문을 가리켰다.

"할 수 없지. 창문으로 나가자."

"그건 불가능하네. 대팔관의 창문은 도박꾼들이 도망 못 치게 하기 위해 모두 잠겨 있네."

"아무럼 어때?"

편복선생이 막았지만 이강은 다짜고짜 발로 창문을 찼다.

"잠깐! 그럼 안 돼……."

픽! 와당탕!

나무에 조각을 새겨서 틀을 짠 고급 창문이 이강의 각법에 박살 났다.

"가자."

"나는 이제 죽은 목숨이군……."

이강이 고개를 축 늘어뜨린 편복선생을 붙잡고 창문 밖으로 나갔다.

무명과 임윤도 그를 따라갔다.

네 명의 일행이 창문 밖의 처마에 서 있는데 뒤에서 점소이들이 검을 뽑고 달려오는 소리가 들렸다.

"선생님! 제발 다시 생각하십시오!"

편복선생은 잠시 명한 눈으로 뒤를 쳐다보다가 결심했는지 이강에게 말했다.

"얼른 떠나세."

"크크크, 그래야지."

이강이 편복선생의 허리를 껴안고 허공으로 훌쩍 몸을 날린 뒤 대팔관의 정문 앞 지상에 착지했다.

이어서 무명과 임윤도 뒤를 따라 내려왔다.

대팔관의 점소이들은 검술은 제법 익혔으나 팔 층 높이를 가볍게 뛰어내릴 만한 무공 고수는 못 되었다.

때문에 그들은 닭 쫓던 개가 지붕 쳐다보듯이 팔 층에서 무명 일행을 구경할 수밖에 없었다.

무명 일행은 맡겨둔 말을 찾아서 올라탔다.

그리고 대팔관을 뒤로하고 달리기 시작했다.

그때 등 뒤에서 대팔관의 진짜 실세인 마님의 목소리가 메아리처럼 들려왔다.

"당신! 이번에 붙잡히면 다리몽둥이 부러질 줄 알아!"

무명 일행은 말을 몰아 도성으로 돌아왔다.

네 명은 먼저 무명과 이강이 방을 잡아둔 객잔으로 갔다.

객잔에 도착했을 때는 늦은 밤이 다 되어 있었다.

하지만 이강은 점소이를 불러서 술과 음식을 주문했다.

"동파육과 백주 한 동이를 갖고 와라."

"손님, 백주는 몰라도 이 밤중에 동파육은 좀……."

"동파육을 먹어야 두 눈깔이 돋아날 것 같은데 그래도 안 되겠냐?"

"아, 아닙니다! 당장 대령하겠습니다……."

이강이 두 눈을 싸맨 천을 내리고 텅 빈 눈알 구멍을 보이자 점소이는 기겁해서 잠든 숙수를 깨우러 달려갔다.

"내기 술은 빨리 얻어먹을수록 좋은 법이지."

"어련하시겠소."

임윤이 잠행에 참가할지 아닐지를 두고 한 내기.

곧 술과 안주가 나왔다.

"건배!"

네 명은 잔에 백주를 채우고 건배를 했다.

정영이 잡량주를 마신 뒤 취하고 송연화가 밤에 은밀히 찾아왔던 객잔.

그러나 이제 정영과 송연화는 없고 하오문 문주 이강과

정체를 알 수 없는 도사 편복선생이 빈자리를 채우고 있었다.

무명은 쉬지 않고 목구멍에 술을 들이켰다.

밤늦은 술자리는 백주 다섯 동이를 비운 뒤에야 끝이 났다.

다음 날.

무명 일행은 도검 제조창인 삼호당으로 향했다.

임윤이 삼호당을 알아보고 말했다.

"삼호당? 제대로 골랐군. 값은 적당하고 검은 쓸 만한 곳이지."

대장간은 아침 일찍부터 사내들이 모루에 망치를 두드리고 있었다.

떠엉떠엉!

웃통을 벗은 사내들이 흘깃 무명 일행을 쳐다봤으나 이전처럼 업신여기는 눈빛은 없었다.

쌍검을 귀신처럼 쓰던 이강을 알아봤기 때문이었다.

안채에는 검흔이 난 중년인이 장부 정리를 하고 있었다.

그가 말수가 적다는 것을 알고 있는 무명은 간단히 인사를 했다.

"안녕하시오. 도검을 골라보겠소."

중년인은 여전히 말없이 고갯짓만 스윽 해 보였다.

일행은 안채의 벽면에 걸린 도검들을 살피기 시작했다.

물론 도검을 고르는 자는 무명, 이강, 임윤이었고 편복선생은 뒷짐을 진 채 구경만 했다.

무명은 이전처럼 환도 두 자루와 날카로워 보이는 비수를 주문했다.

망자를 상대해서 마구잡이로 휘두를 환도 하나.

예비용으로 하나 더.

그리고 비상용으로 쓸 비수.

더 많은 도검을 소지하는 것은 오히려 무겁고 거추장스러울 것이다.

반면 이강은 전에 구입한 쌍검을 갖고 있으면서 새로 주문을 했다.

"여기 유성추는 없냐?"

"기다리시오."

중년인이 구석으로 가더니 큼지막한 궤짝을 끌고 와서 뚜껑을 열었다.

"골라보시오."

궤짝 안에는 십여 개의 사슬 꾸러미가 잘 기름질 된 채 들어 있었다.

이강이 그중 하나를 집어 들자 긴 사슬이 뱀처럼 딸려 올라오며 소리를 냈다.

좌르륵.

"이건 아냐."

계속해서 그는 마음에 드는 게 없는지 불평을 내뱉으며 사슬을 뒤적거렸다.

"이것도 아냐. 소림 땡초 놈이 준 금성추가 그나마 쓸 만했는데."

금성추는 이전 잠행에서 청성의 금위군에게 잡히는 바람에 압수당했으리라.

그러다가 고개를 갸웃거리며 사슬 꾸러미 하나를 집어 들었다.

"흐음."

이강이 잡은 것은 손톱만큼 작은 사슬이 촘촘하게 연결되었으며 양쪽 끝에 두 개의 쇠공이 달린 유성추였다.

또한 사슬이 작아서 그런지 그의 손에서 흘러내리면서도 귀를 기울여야 간신히 들릴 만큼 소리가 작게 났다.

이강이 중년인에게 고개를 돌리며 말했다.

"이 사슬을 세 배로 길게 이을 수 있냐?"

"가능하오."

"쇠공 두 개는 떼어버리고 대신 한쪽에는 비수, 한쪽에는 기슭 엄(厂) 자 모양으로 꺾어진 낫을 매달아라."

"그것도 가능하오. 한데 양쪽에 무거운 비수과 낫을 연결했다가는 잘못 휘두르면 사슬이 끊어질지도 모르오."

"네놈이 걱정할 일은 아니지."

"그렇군. 한 시진가량 걸리오."

"만들어라."

이강은 그것으로 주문을 끝냈다.

반면 모든 도검에 능통해서 숙수라는 별칭으로 불린다는 임윤은 수많은 도검을 구경만 할 뿐, 하나도 고르지 않는 것이었다.

이강이 삐딱하니 고개를 기울인 채 물었다.

"마음에 드는 게 없냐?"

"그럴 리가. 모두 산을 뽑고 기운이 세상을 덮을 명검들뿐이구만."

"후후후, 딴 속셈이 있군."

임윤은 그렇게 구경만 하더니 하오문의 숙소에 들렀다가 객잔으로 바로 가겠다고 하면서 삼호당을 나갔다.

이강이 주문한 사슬검이 완성될 동안 일행은 다른 물품을 구입하러 거리로 나갔다.

무명이 편복선생에게 물었다.

"필요한 게 있으면 말하시오."

"부적을 그릴 붓과 종이, 그릇이 필요하네. 닭 피도 있으면 좋겠군."

또 닭 피인가.

무명은 절로 쓴웃음이 나왔다.

그런데 편복선생의 주문은 거기서 끝나지 않았다.

"귀뚜라미와 여치, 날벌레가 수십 마리 필요하네. 또 새끼

쥐도 열 마리쯤 있으면 좋겠군. 모두 살아 있는 놈으로 말일세. 놈들을 담아둘 수 있게 대나무 통도 사게."

그의 주문은 엉뚱하다 못해 해괴망측하기 짝이 없었다.

무명이 물었다.

"벌레와 쥐는 대체 무엇에 쓸 것이오?"

편복선생의 대답은 더욱 황당했다.

"먹을 걸세."

"……."

무명은 할 말을 잃어버리고 말았다.

일행은 시장을 돌며 편복선생이 원한 것을 구입한 뒤 삼호당에 들러서 이강이 주문한 사슬검을 찾았다.

그리고 다시 객잔으로 돌아왔다.

일행이 막 객잔에 들어섰을 때 마침 임윤도 도착했다.

그런데 그는 검은 천으로 둘둘 싸맨 무언가를 어깨에 짊어지고 있었다.

이강이 씨익 웃으며 말했다.

"네놈, 도검을 한 자루도 고르지 않더니 실은 숨겨둔 병장기가 있었구나?"

"당연하지. 그럼 망자 소굴에 맨손으로 들어갈 줄 알았냐?"

"그럴 수야 없겠지, 후후후."

검은 천으로 싸맨 병장기는 길이와 크기로 볼 때 대검이 아닐까 여겨졌다. 하지만 임윤이 병장기를 싸맨 천을 풀지 않은 채 방구석에 두는 바람에 내용물이 뭔지는 알 수 없었다.

이어서 넷은 재차 술판을 벌였다.

"점소이! 동파육과 백주를 가져와라!"

황궁 처소에서 찾아낸 은자는 아직도 많이 남아서 도성에 있는 동파육과 백주를 몽땅 살 수 있을 정도였다.

넷은 독한 백주를 잔에 따르기가 무섭게 목구멍으로 털어 넣었다.

객잔에서 만들 수 있는 안주도 종류별로 하나씩 시켰다.

어느새 빈 술동이가 탁자 위에 가득 쌓였다.

점소이들이 바쁘게 술과 안주를 옮기면서 무명 일행을 비웃었다.

"술 창고를 거덜 낼 셈인가? 뭐, 매상 올라가니 좋다만."

"내일이 없는 놈들처럼 마시는군, 크크크."

그랬다. 네 명은 이제 내일이 없을지 몰랐다. 지하 도시로 잠행한 뒤 탈출하지 못한다면 오늘 마시는 이 술이 마지막 잔이 되리라.

낮부터 시작한 술자리는 밤늦게까지 이어졌다.

다음 날. 네 명은 해가 중천에 떴는데도 침상에서 일어나지 않고 단잠을 잤다.

그들이 일어난 것은 해가 서쪽에 기울어서 노을이 지는 저녁때였다.

네 명은 닭 육수에 만 국수로 간단히 식사를 했다.

잠행이 시작되면 눈 한번 붙일 시간도, 벽곡단 씹을 여유도 없을지 모른다.

일행이 미친 듯이 먹고 마신 뒤 늦잠을 잔 이유였다.

네 명은 각자 짐을 챙긴 뒤 객잔을 나섰다.

"출발하자."

그들은 어두운 도성의 밤거리를 지나서 지하 도시의 출입구가 있는 묘지로 갔다.

묘지에는 무림맹의 인물들이 이미 모여서 그들을 기다리고 있었다.

그때가 막 자시(子時)가 지난 시각이었다.

오늘 따라 하늘에 먹구름이 끼어서 묘지는 칠흑처럼 어두웠다.

그런 가운데 무림맹 인물들이 내뿜는 형형한 안광이 어둠 속을 밝히며 빛나고 있었다.

인물들은 만반의 준비를 갖춘 모습이었다.

각자 병장기를 소지한 것은 물론 의복까지 평소와 다르게 걸친 자들도 눈에 띄었다.

소림 십팔나한은 어느 때처럼 장삼과 가사를 걸쳤으나 창천칠조 네 명은 흑의에 검은 두건을 걸치고 있었던 것이다.

이강이 무명의 생각을 읽고 그들을 비웃었다.

"헛수고군. 지하 도시는 어차피 빛 한 점 없을 텐데 백의든

혹의든 무슨 상관이지?"

"최선을 다하고자 하는 진심이 비웃음거리는 아닐 텐데?"

"최선? 망자가 옷 색깔 보고 덤비냐? 피 냄새 맡고 덤비지,
후후후."

"관두시지."

무명은 이강을 무시하며 고개를 돌렸다.

창천칠조가 흑의를 걸친 이유는 단순히 망자에게 들키느냐
아니냐의 문제가 아니었다.

그들이 잠행에 나서는 결의가 복장에도 서려 있었다.

하지만 이강의 말을 정면으로 부인할 수는 없었다.

피 냄새, 또는 산 자의 기척을 들킨 순간 의복 색깔은 문제
도 아니게 될 테니까.

은사모를 쓴 제갈성이 나직한 목소리로 말했다.

"모두 모였으니 이동하겠소."

그가 좌우로 수신호를 하자 무사들이 고개를 조아린 뒤 사
방으로 흩어졌다.

혹시 모를 만련영생교의 움직임을 정찰하기 위한 척후병.

무림맹 인물들은 제갈성이 부리는 무사들의 안내에 따라
묘지를 걸었다.

곧 묘지 중앙에 위치한 석관에 도착했다.

무명과 창천칠조가 천신만고 끝에 탈출했던 지하 도시의 출
입구.

인물들이 식관을 중심으로 빙 둘러서 늘어서자 소림 방장 무혜가 임윤과 편복선생을 보며 말했다.

"두 시주는 흑랑성 잠행 때 뵈었던 분들이군요."

"그렇소."

"오늘은 무림맹의 일원으로 잠행을 수행하고자 오신 것입니까?"

"꼭 그런 것은 아니오."

임윤의 언행은 무림 명숙을 대하면서도 뻐딱하고 거침이 없었다.

"본인은 하오문의 문주 신분으로 강호의 힘없는 자들을 망자에게서 지키고자 하오. 한데 무림맹이 제대로 일을 못 하는 것 같으니 손을 빌려주겠소."

그 말에 정결사태가 버럭 일갈했다.

"감히 천박한 하오문 따위가 무림맹을 업신여기는 것이냐?"

그때 무혜가 손을 들어 그녀를 막았다.

"중원이 위기에 처했으니 두 분 시주의 도움을 기꺼이 받겠습니다."

무림맹주가 그렇게 말하자 정결사태도 더는 화를 못 내고 눈살을 찌푸린 채 뒤로 물러났다.

정결사태 말고 당문삼독도 임윤과 편복선생을 쳐다보며 비웃음을 흘렸다.

"삼 조는 버리는 조군."

"미끼가 있어야 사냥감을 유인하지 않겠습니까, 누님?"

"그도 그렇군."

임윤과 편복선생의 인사가 대충 끝나자 제갈성이 송연화를
돌아봤다.

"할 얘기가 있다고 했었지?"

"예, 부맹주님."

송연화가 일행을 돌아보며 말했다.

"사태가 심상치 않습니다. 황상이 내원 근처에 후궁과 환관
몇 명을 빼고 아무도 발을 못 들이게 하고 있어요."

"금위군도 말이냐?"

"예. 금위군도 황궁 외곽만 지킬 뿐, 절대 안으로 발을 들이
지 못합니다. 또한 황상이 수십만 대군을 도성으로 불렀다는
말을 들었습니다."

정결사태가 끼어들며 말했다.

"수십만 대군이 오면 망자 사태는 쉽게 진압되겠군."

무혜가 그 말을 반박했다.

"만약 혈선충이 번져서 군대를 감염시키면요?"

"……."

"망자는 사람 숫자로 해결될 문제가 아닙니다. 인원이 많
을수록 망자가 그 속에 숨어 들어갈 틈이 생길지 모릅니다."

무혜의 말이 논리에 한 치의 어긋남도 없자 정결사태는 입

을 다물고 침음했다.

무명 역시 무혜의 말에 동감했다.

주작호의 금위군이 망자가 된 것을 보면 수십만 대군은 오히려 사태를 악화시킬 위험이 있었다.

군대가 오기 전에 망자 퇴치를 끝내야 한다.

잠행조에게 새로운 짐이 생긴 셈이었다.

무혜가 소림승 중 한 명을 보며 말했다.

"진명, 육안룡을 나누어 드려라."

"예."

진명이 검은 보자기 꾸러미를 펼친 뒤 육안룡을 꺼내 사람들에게 건넸다.

눈동자만 한 크기의 야광주가 검은 천 자락에 붙어 있는 육안룡.

사람들은 천 자락을 이마에 묶은 다음 빙글 돌려서 육안룡을 천 속에 숨겼다.

어둠 속에 들어가면 다시 천을 돌려서 주위를 밝힐 것이다.

이어서 제갈성이 세가에서 만든 부적을 꺼냈다.

그리고 처음 잠행하는 자들을 위해 부적의 용도를 간략히 설명했다.

산 자의 기척을 없애는 부적, 산 자의 냄새를 나게 하는 부적, 망자에게 붙으면 떨어지지 않는 부적, 마지막으로 폭혈화부.

임윤이 시큰둥하게 중얼거렸다.

"흑랑성 때 이미 썼던 것들뿐이군. 천하의 제갈세가가 아직도 흑랑비서 연구를 못 끝냈나?"

편복선생이 손을 들어 턱수염을 만지작거리며 말했다.

"제갈세가가 부족한 게 아니라 이 몸이 대단한 걸세."

"어련하시려고."

그런데 제갈성이 뜻밖의 말을 꺼냈다.

"다른 부적은 서로에게 건네도 좋지만 폭혈화부 한 장은 반드시 품에 넣고 소지하시오."

"무엇 때문이오?"

무명이 묻자 제갈성이 은사모를 돌리며 대답했다.

"더 이상 무림맹에 망자가 숨어들도록 놔둘 수 없소."

제갈성의 말에 사람들의 안광이 번쩍 빛났다.

특히 정결사태의 눈빛이 매서웠는데, 제자인 남궁유가 망자가 되었던 일이 다시금 생각났기 때문이리라.

"만약 누군가가 혈선충에 감염되어 망자로 변한다면 폭혈화부를 쓰지 못할 것이오. 자신이 먼저 터지고 말 테니까."

그의 목소리가 나직하면서도 싸늘했다.

망자의 기혈을 끓게 해서 터뜨리는 폭혈화부.

이전 잠행에서 제갈윤이 망자가 되는 바람에 일행은 큰 위기를 겪었다.

제갈성의 조치는 누군가 혈선충에 감염될 경우를 좌시하지 않겠다는 경고였다.

특히 장청은 침을 꿀꺽 삼키며 긴장했는데, 폭혈화부를 잘 못 쓰는 바람에 얼굴에 지울 수 없는 큰 상처를 입은 일이 떠올랐기 때문이었다.

제갈성이 사람들에게 직접 부적을 나눠주기 시작했다.

그때 무명은 긴장한 얼굴로 사람들을 지켜봤다.

'제갈성이 말하지 않은 게 하나 더 있다.'

만약 지금 이 자리에 망자가 있다면?

망자가 맨손으로 폭혈화부를 잡는 순간 즉시 부적이 발동할 것이다.

즉, 그는 잠행 전에 혹시 숨어 있을지 모르는 망자를 죽여서 후환을 제거하려는 속셈이었던 것이다.

치밀하기 짝이 없는 제갈성의 독수.

그의 흉계를 아는지 모르는지 사람들은 태연한 얼굴로 한 명씩 부적을 받아 품속에 갈무리했다.

…다행히 폭발은 없었다.

적어도 잠행조에 망자는 숨어 있지 않다는 증거였다.

무명은 속으로 안도의 한숨을 쉬었다.

그런데 부적을 모두 나눠준 제갈성이 이번에는 다섯 장의 종잇장을 꺼내서 무명, 진문, 당청, 무혜에게 각각 한 장씩 건네는 것이었다.

종이에는 붉은색으로 우물 정(井) 자가 그려져 있고 중앙에 붉은 점이 찍혀 있었다.

무명이 물었다.

"이것도 부적이오?"

"부적이 아니오. 이것은 제갈세가에서 환술을 써서 만든 연락부(聯絡符)요."

그가 자신의 연락부를 들어서 검지로 우물 정 자를 가리키며 설명했다.

"정(井) 자의 네 개 획은 동서남북 순으로 각각 일 조, 이 조, 삼 조, 사 조를 가리키오. 각 조의 조장은 더 이상 작전 수행이 불가능하게 될 경우 연락부를 두 갈래로 찢으시오."

"그럼?"

"다른 자들의 연락부에서 정 자 획이 사라질 것이오."

"각 조가 멀리 떨어지면?"

"상관없소. 여기서 제갈세가만큼 멀다면 모를까, 도성 안에 있다면 효력이 유지될 것이오."

사람들이 깜짝 놀란 눈으로 서로를 돌아봤다.

복잡하게 얽힌 지하 도시 안에서는 각 조의 상황을 알기 힘들 것이다.

하지만 연락부의 획이 사라지는 것으로 어느 조가 작전에서 탈락했다는 정보를 알 수 있는 게 아닌가?

말 그대로 연락부.

편복선생이 고개를 끄덕거리며 중얼거렸다.

"천하의 제갈세가라더니 제법 환술을 쓸 줄 아는군."

평소 도도한 그의 입에서 나올 수 있는 최상의 칭송이었다.

그때 무명이 질문했다.

"정 자 가운데에 있는 붉은 점은 무엇이오?"

잠행조는 모두 네 개 조다.

정 자의 획 네 개면 되는데 중앙에 점이 찍힌 것은 확실히 이상했다.

다른 사람들 역시 궁금해하며 제갈성의 대답을 기다렸다.

그런데 대답한 것은 전혀 뜻밖의 인물이었다.

"저도 이번 잠행에 참가합니다."

무혜가 반장을 하며 말했다.

"저는 단독으로 움직일 생각입니다. 붉은 점은 소림 방장인 저, 즉 오 조를 가리키는 것이지요. 아미타불."

모든 사람이 침을 꿀꺽 삼키며 긴장했다.

소림 방장이 직접 잠행에 나선다고?

이번 작전이 중원 무림이 멸망할 뻔했던 구륜사 결전 때 이상으로 중대하다는 뜻이었다.

게다가 한 가지 사실이 더욱 사람들의 심장을 옥죄었다.

소림 방장은 혼자 잠행해서 만련영생교의 수장인 시황을 처단할 생각이리라.

그렇다면 나머지 조는?

소림 방장에게서 망자들의 시선을 떼놓기 위한 미끼에 불과

할지도 모르는 것이 아닌가?

모든 자가 굳은 얼굴로 침음하고 있자 이강이 피식 웃으며 입을 열었다.

"두렵냐? 아무도 안 말리니까 두려우면 빠지라고."

"……."

잠시 딱딱하게 굳었던 사람들의 시선이 다시 안광을 뿜어냈다.

강호 사대악인의 말이 명문정파인들의 자존심을 건드렸기 때문이었다.

제갈성이 무사들을 향해 고갯짓을 하며 말했다.

"일소, 앞으로 나와라."

무사 하나가 나와서 한쪽 무릎을 꿇고 포권지례를 올렸다.

"이자를 이 조에 데려가십시오."

"고맙소."

제갈성은 당청이 짐꾼으로 부리겠다며 청한 무사를 내어준 것이었다.

그가 사람들을 둘러보며 말했다.

"본인과 무사들, 즉 사 조는 황궁 근처에서 매복하고 있겠소. 연락부의 획이 모두 사라지는 순간 황궁에 있는 지하 도시 출입구로 돌입할 것이오."

금위군이 지키는 황궁으로 강호인이 침입한다?

구족을 멸할 대역죄에 해낭하는 말.

그런데 제갈성은 대역죄를 저지르는 한이 있더라도 잠행조를 구출해 내겠다고 밝힌 것이다.

그의 결의가 어느 정도인지 짐작할 수 있었다.

모든 준비가 끝났다.

일 조, 소림 십팔나한 여섯.

이 조, 당문삼독, 정결사태, 장청, 당호, 무사, 일곱.

삼 조, 무명, 이강, 임윤, 편복선생, 정영, 송연화, 여섯.

사 조, 제갈성과 무사들.

오 조, 소림 방장 무혜.

외부에서 대기하는 사 조를 제외하면 총 스무 명의 인원이 지하 도시로 잠행한다.

진문이 앞으로 나와 석관의 돌판을 반쯤 들어 올렸다.

끼이이익…….

그가 돌판 바닥을 유심히 살핀 뒤 말했다.

"이끼가 끼어 있습니다. 최근에 돌판이 움직인 흔적은 없습니다."

중요한 정보였다.

만련영생교의 시황은 문사로 가장한 채 잠행조를 따라 지금 출입구로 지상에 나왔다.

즉, 그가 망자들을 이끌고 이곳으로 내려갔을지도 모르는 일이었다.

하지만 그럴 가능성은 사라졌다.

이강이 말했다.

"놈이 제 말대로 망자의 황제라면 다른 출입구도 알고 있겠지, 후후후."

그 말대로였다. 시황과 망자들은 다른 곳을 통해 지하 도시로 들어갔으리라.

그렇다면 지금 출입구로 잠행해도 당분간은 망자와 마주칠 위험이 적다고 할 수 있었다.

무혜가 결정을 내렸다.

"좋습니다. 이곳으로 잠행하도록 하지요."

소림 방장이 명하자 진문이 돌판을 마저 들어서 완전히 옆으로 치웠다.

끼이익… 터엉!

돌판이 치워지자 텅 빈 구멍이 나타났다.

망자 소굴의 입구.

이강이 하늘을 향해 고개를 들며 말했다.

"딱 자시가 지나고 반 시진쯤 됐겠군."

그의 표정은 마치 두 눈이 멀쩡해서 밤하늘을 감상하고 있는 것처럼 느껴졌다.

무명이 물었다.

"밤하늘이 보고 싶소?"

"별로. 네놈이나 많이 봐둬라. 지상에서의 마지막 밤이 될

지 누가 아냐?"

"충고 고맙군."

"후후후."

둘은 피식 쓴웃음을 흘리며 말을 주고받았다.

진문이 소림 방장에게 반장을 하며 말했다.

"그럼 제자가 앞장서겠습니다."

"아미타불."

무혜가 아미타불을 읊자 진문이 고개를 조아린 뒤 몸을 돌렸다.

그리고 걸음을 옮겨 지하를 향해 뚫린 구멍 속으로 들어갔다.

드디어 만련영생교 토벌 작전이 시작된 것이었다.

『실명무사』 11권에 계속…

초대형 24시 만화방

신간 100%, 샤워실, 흡연실, 수면실(침대석), 커플석, 세탁기 완비

■ 광명 광명사거리역점 ■

경기도 광명시 오리로 986 광명사거리역 6번 출구 앞 5층
02) 2625-9940 (솔목타워 5층)

■ 강북 노원역점 ■

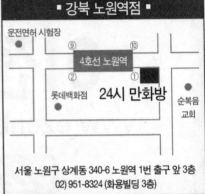

서울 노원구 상계동 340-6 노원역 1번 출구 앞 3층
02) 951-8324 (화용빌딩 3층)

■ 일산 정발산역점 ■

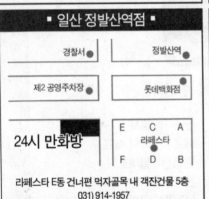

라페스타 E동 건너편 먹자골목 내 객잔건물 5층
031) 914-1957

■ 일산 화정역점 ■

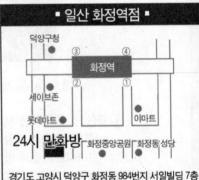

경기도 고양시 덕양구 화정동 984번지 서일빌딩 7층
031) 979-4874 (서일사우나 건물 7층)

■ 부천 역곡역점 ■

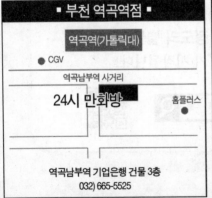

역곡남부역 기업은행 건물 3층
032) 665-5525

■ 부평역점 ■

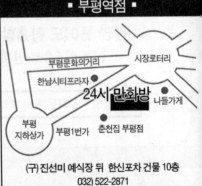

(구) 진선미 예식장 뒤 한신포차 건물 10층
032) 522-2871

스페셜 원
가장 특별한 감독

스틸펜 장편소설

FUSION FANTASTIC STORY

피치 위의 마스티프. 그라운드의 투견.

"나는 너희들을 이끌고, 성장시켜서, 이겨야 한다."
"너희는 나를 따라오고, 성장해서, 이겨야 한다."

가장 유별나거나, 가장 특별하거나.

Special one.

누구보다 특별한 감독이 될 남자의
전설이 시작된다.

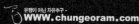

레저렉션
Resurrection

10000LAB 현대 판타지 소설

MODERN FANTASTIC STORY

"난민 수백 명을 치료했답니다. 혼자서요."

내전으로 수많은 사람들이 죽어나가는 아프리카의 한 나라.
그곳에서 폭격으로 부모님을 잃게 된 청년, 이도수.
홀로 살아남은 그가 얻게 된 특별한 능력.

**"저는 생과 사의 경계에서 사람을 구하는 일이 좋습니다.
그게 제가 하루하루 살아가는 이유예요."**

레저렉션(Resurrection: 부활, 소생), 사람을 살리다.

현대 의학계를 뒤집어놓을
통제 불가 외과의가 온다!

검선마도

조돈형 무협 판타지 소설

FANTASTIC ORIENTAL HEROES

매화가 춤을 추고 벽력이 뒤따른다!

분심공으로 생각과 행동을
둘로 나눌 수 있게 된 풍월.

한 손엔 화산파의 검이, 다른 한 손엔 철산도문의 도가.
그를 통해 두 개의 무공이 완벽하게 하나가 된다.

검과 도, 정도와 마도!
무결점의 합공이 시작된다.

Book Publishing CHUNGEORAM

유행이 아닌 자유추구 -
WWW. chungeoram.com

FANTASTIC ORIENTAL HEROES

와룡봉주

임영기 新무협 판타지 소설

세상천지 원하는 것을 모두 다 이룬
천하제일인 십절무황(十絶武皇).

우화등선 중, 과거 자신의 간절한 원(願)과 이어진다.

"…내가 금년 몇 살이더냐?"
"공자께선 올해 스무 살이죠."

개망나니였던 육십사 년 전으로 돌아온
화운룡(華雲龍).

멸문으로 뒤틀린 과거의 운명이 뒤바뀐다!

Book Publishing CHUNGEORAM

유행이 아닌 자유추구 ~
WWW.chungeoram.com